Adrien Bosc

Morgen früh in New York

Adrien Bosc

Morgen früh in New York

Roman

Aus dem Französischen
von Olaf Matthias Roth

List

Die Originalausgabe erschien 2014
unter dem Titel *Constellation* bei Éditions Stock, Paris.

MIX
Papier aus verantwortungsvollen Quellen
FSC® C083411

List ist ein Verlag
der Ullstein Buchverlage GmbH

ISBN 978-3-471-35121-5

Gesetzt aus der Galliard
bei Pinkuin Satz und Datentechnik, Berlin
Druck und Bindearbeiten:
CPI books GmbH, Leck
Printed in Germany

Für Laura

Manchmal kann es sein,
dass die Richtung unseres Lebens
vom Zusammenspiel weniger Worte
vorgegeben wird.

Antonio Tabucchi
Die Frau von Porto Pim
Geschichten von Liebe und Abenteuer

1

Orly

Ich bin die riesige Schraube,
die sich in die versteinerte Rinde der Nacht bohrt.

Filippo Tommaso Marinetti
Der Eindecker des Papstes

Siebenunddreißig Passagiere sind es, die sich am Abend des 27. Oktober 1949 auf dem Rollfeld des Flughafens Orly versammeln, um in die Maschine F-BAZN der Air France einzusteigen.

Ein Jahr zuvor ist Marcel Cerdan hier nach einem hart erkämpften Sieg über Tony Zale als frisch gekürter Boxweltmeister im Mittelgewicht die Gangway hinabgeschritten. Die Menge jubelte ihm zu an jenem 7. Oktober 1948.

Nun, ein Jahr später, fliegt er in Begleitung seines Managers Jo Longman und seines Freundes Paul Genser erneut in die Staaten, um den Titel zurückzuerobern, den inzwischen Jake LaMotta führt, der »Bulle aus der Bronx«. Für Cerdan steht fest, dass er im Dezember wieder als Weltmeister zurückkehren wird. Vor den Journalisten schneidet er mächtig auf: »Natürlich bringe ich den Titel mit nach Hause, darauf können Sie Gift nehmen. Ich werde kämpfen wie ein Löwe.«

Löwe gegen Bulle, eine beinah mythologische Konstellation. Der Nemëische Löwe gegen den Minotaurus, so kündigt auch ein Werbeplakat das Match an, das am 2. Dezember 1949 im Madison Square Garden stattfinden soll.

Jo Longman ist immer noch ein wenig verstimmt. Er musste in aller Eile die Schiffsüberfahrt stornieren und die Tickets für den Flug Paris–New York organisieren, nur weil Marcel es nicht erwarten kann, Édith Piaf wieder in den Armen zu halten.

»Kommen Sie als Weltmeister zurück!«, ruft ihm ein Angestellter der Air France zu.

»Nur deshalb fliege ich ja hin!«, erwidert Marcel.

»Na ja«, brummt Jo. »Wenn es nach mir gegangen wäre, hätten wir uns für ein paar Tage eine Verschnaufpause gegönnt. Wir machen uns auf und davon, als wäre die Polizei hinter uns her! Vorgestern erfahren wir, dass das Match am 2. Dezember stattfinden wird, gestern sind wir irgendwo in der tiefsten Provinz unterwegs, und heute geht es schon wieder los. Ich hätte es sinnvoller gefunden, eine Woche in Paris zu bleiben und am Montag an der Konferenz im Palais des Sports teilzunehmen. Das wäre wirklich gar kein Problem gewesen, und ich sehe es schon kommen, morgen wirst du fluchen, weil du in der Eile die Hälfte deiner Sachen vergessen hast.«

Doch sein Ärger ist nur gespielt, die Rollen sind bei diesem üblichen Geplänkel fest verteilt, Marcel spielt den fröhlichen Chaoten, Jo den wütenden Profi. In ein paar Minuten werden sie am Tresen der Air France stehen und darüber lachen. Seit der Trainer Lucien Roupp abgesprungen ist, führt Jo das Zepter – Jo, der Gründer des Varietétheaters *Club des Cinq*, in dem Édith und Marcel sich kennenlernten, der mit seiner ewigen Sonnenbrille und seinem pomadisierten Haar immer leicht halbseiden wirkt. Cerdan schätzt ihn wegen seines losen Mundwerks, seiner Lust zu feiern und seiner Affären; er ist der perfekte Reisegefährte für dieses ständige Hin und Her zwischen Paris, New York und Casablanca.

Das »Flugzeug der Stars« macht seinem Namen an diesem Abend alle Ehre: Neben dem »marokkanischen Bomber« bricht auch die Geigenvirtuosin Ginette Neveu zur Eroberung Amerikas auf. In der Abflughalle wird ein Shooting für *France Soir* improvisiert. Auf dem ersten Foto steht Jean Neveu in der Mitte und schaut amüsiert zu seiner Schwester, Marcel hält Ginettes Stradivari in Händen, sie sieht ihn lächelnd an. Dann nimmt Jo den Platz von Jean ein und vergleicht mit Kennermiene die kleine Hand der Geigerin mit der mächtigen Pranke des Boxers.

Auf dem Asphalt der Startbahn, zu Füßen der Gangway, entspinnt sich ein Gespräch zwischen den beiden Prominenten. Ginette erzählt Marcel, welche Stationen ihre Tournee umfasst, St. Louis, San Francisco, Los Angeles, Chicago, New York. Er verspricht, am 30. November zu ihrem Konzert in der Carnegie Hall zu kommen, und stellt ihr einen Sitzplatz ganz vorn bei seinem Match im Madison Square Garden in Aussicht. Vielleicht könnte man anschließend ja im Versailles essen gehen, dem Revuetheater, in dem Édith Piaf, der »Spatz von Paris«, seit Monaten triumphale Erfolge feiert.

Die vier riesigen Wright-Cyclone-Triebwerke der Lockheed Constellation F-BAZN brummen bereits. Propeller und Flügel sind inspiziert worden, und die elf Besatzungsmitglieder nehmen im vorderen Teil der Maschine Platz. Mit ihrem voluminösen Leib und dem Aluminiumrumpf sieht die prächtige viermotorige Maschine aus wie ein Stelzvogel. Zweiunddreißig weitere Passagiere warten geduldig darauf, an Bord gehen zu dürfen: John und Hanna Abbott, Mustapha Abdouni, Eghiline Askhan, Joseph Aharony, Jean-Pierre Aduritz, Jean-Louis Arambel, Françoise und Jenny Brandière, Bernard Boutet de Monvel, Guillaume Chaurront, Thérèse Etchepare, Edouard Gehring, Remigio Hernandores, Simone Hennessy, René Hauth, Guy und Rachel Jasmin, Kay und Ketty Kamen, Emery Komios, Ernest Lowenstein, Amélie Ringler, Yaccob Raffo, Maud Ryan, Philippe und Margarida Sales, Raoul Silbernagel, Irène Sivanich, Jean-Pierre Suquilbide, Edward Supine und James Zebiner.

Édith und Philip Newton, die gerade aus den Flitterwochen kommen, und Mrs Erdmann bleiben am Boden zurück, damit der Boxchampion samt Begleitung an Bord gehen kann.

2

Eine Dakota in Casablanca

Das moderne Leben führt zu vielen Reisen,
doch nicht notwendigerweise zu Abenteuern.

Jean Mermoz
Meine Flüge

Der Hinweis auf das schlechte Wetter über dem Ärmelkanal und dem Nordatlantik veranlasst Kapitän Jean de La Noüe, eine andere Flugroute zu wählen. Anstatt im irischen Shannon zwischenzulanden, beschließt er, den kleinen Flughafen auf der Azoreninsel Santa Maria anzufliegen. Der Startvorgang hat begonnen, mit hoch erhobenem Schnabel bewegt sich der Stelzvogel von der Parkposition zur Startbahn. Die Curtiss-Propeller schnurren im Einklang.

Der Pilot an den Tower: »F-BAZN bittet um Starterlaubnis.«

Der Tower an den Piloten: »Starterlaubnis für F-BAZN genehmigt.«

20 Uhr 06, die Constellation hebt ab. Bald wird sie über den Atlantik fliegen, in sechs Stunden den Flughafen Santa Maria erreichen, dann Neufundland und schließlich, morgen früh, New York.

Fast sechs Jahre sind seit seiner Zeit bei den Freien Französischen Streitkräften in London vergangen, und immer noch denkt Jean de La Noüe gern an seine Jahre im »Busch« zurück, als er alte Klapperkästen flog, zunächst britische, dann amerikanische.

Er hatte den Sitzkrieg und seine schrecklichen Folgen noch nicht verwunden, als er im besetzten Frankreich, ohne rechte Überzeugung, auf Anraten seiner Frau eine Stelle als Pilot von Linienflügen bei Air France antrat. Doch es fiel ihm zunehmend schwer, die bittere Pille zu schlucken. Er wusste, dass die Musik in London spielte – und er war nicht dabei. Von Pléneuf-Val-André aus, seinem Heimatort, konnte man an manchen Tagen die englische Steilküste sehen. Dort war das Freie Frankreich, war Radio Londres. Endlich wieder den Dienst als Kampfpilot aufnehmen zu dürfen, egal, ob über dem Ärmelkanal, dem Atlantik oder dem Mittelmeer, Hauptsache am Himmel und auf der richtigen Seite! Als der Waffenstillstand des Ersten Weltkriegs in einem Eisenbahnwaggon auf einer Lichtung bei Rethondes unterzeichnet wurde, war er gerade mal fünf Jahre alt. Und wie er dann von den wagemutigen Abenteuern der Fliegerstaffel von Dunkerque hörte, befiel ihn das Virus der Fliegerei endgültig. Sein Held: Claude Nungesser, der mit fünfundzwanzig Jahren spurlos über dem Atlantik verschwand, als er in Begleitung von François Coli versuchte, mit dem

Doppeldecker »Oiseau blanc« den Ozean ohne Zwischenlandung zu überqueren. Ein Pirat der Lüfte, dessen Insignien auf dem Rumpf des Zweisitzers, einer Nieuport 17, prangten: ein schwarzes Herz, das einen Totenkopf und einen Sarg zwischen zwei Kerzenhaltern umrahmte. Jean war nicht aus demselben Holz geschnitzt wie sein Held, war aber dennoch kein feiger Tropf. 1940 aus dem Kriegsdienst entlassen, hatte er nur ungern die feindlichen Linien gegen die zivile Luftfahrt eingetauscht. 1943 hatte er sich aus einer Laune heraus den Truppen der Freien Franzosen angeschlossen. Dann, nach der Invasion der Alliierten in Nordafrika, war er für den Transport der Soldaten von Casablanca an die italienische Front abberufen worden. Seine Maschine: eine Dakota, von den Engländern als »Gooney Bird« bezeichnet, als Albatros – linkisch am Boden, majestätisch am Himmel.

Die Zeit jener Mittelmeerüberquerungen liegt lange zurück. Es waren die schönsten Jahre meines Lebens, sagt er sich immer wieder. Die Invasion auf der Insel Pantelleria am 10. Juni 1943, dann auf Linosa, Lampedusa und die berühmte Landung auf Sizilien. Achtunddreißig Tage dauerte das Manöver von der Basis auf Pantelleria aus, achtundzwanzig Mann pro Dakota. Wie ein Spinnennetz überzogen die Schnüre der Fallschirmspringer aus den hin- und zurückfliegenden Maschinen den Himmel. Die Operation Avalanche in Salerno, dann die Operation Slapstick mit der Einnahme des Hafens von Tarent. Anschließend die große Schlacht bei Montecassino am 11. Mai 1944. Dann die Landung der Fallschirmspringer in der Provence. In Casablanca, der Rückzugsbasis der Alliierten, lief Jean wieder zu seiner alten Form auf. Vor seinen Augen wurde Geschichte geschrieben, und er war dabei, war einer der Mitwirkenden in jenem großen Welttheater, das Churchill und Roosevelt auf der Konferenz von Casablanca angezettelt hatten. De Gaulle, Giraud, ein paar Ehemalige der vorübergehend stillgelegten Luftwaffe, Vertreter der französischen Armee, die zu einer Statistenrolle verdammt war – all diese Männer brannten darauf, Rache zu üben und das Verlorene wiederzuerobern.

Nach dem Krieg führte er seine Frau ins Cinéma Max Linder aus, sie sahen sich *Casablanca* mit Ingrid Bergman und Humphrey Bogart an. Die Kasbah im Film hatte nur wenig mit dem zu tun, woran er sich erinnerte, und er lachte herzlich über die von László inszenierte *Marseillaise.* Was für ein Witz. Als sie anschließend den Boulevard Poissonnière entlangschlenderten, erzählte er Aurore von *seinem* Casablanca. Von dem Hotel in Anfa und dem Panoramarestaurant. Dem Palmenhain um den Flughafen Camp-Cazes und den Baracken, in denen sich die Piloten drängten. Von der Landebahn, die als Schlussbild des Films dient, auf der Rick Blaine und Louis Renault den Beginn einer neuen Freundschaft besiegeln. Er erzählte ihr außerdem die Geschichte der marokkanischen Luftpost, von den Heldentaten eines Mermoz oder Saint-Exupéry, von den Sanddünen, wo man nichts sieht, nichts hört, nur endlose Schönheit erahnen kann.

Am Abend des 27. Oktober 1949 hat Jean, Kapitän der F-BAZN, sechzigtausend Flugstunden absolviert und ist achtundachtzigmal über den Atlantik geflogen. Neben ihm sitzen Charles Wolfer und Camille Fidency, zwei ehemalige Jagdpiloten, auf die keine Front mehr wartet. Ähnlich wie Jean haben auch sie nicht darauf bestanden, ihre Laufbahn bei der Luftwaffe fortzusetzen, und versuchen sich an das neue Spielfeld der zivilen Luftfahrt zu gewöhnen. Da Charles und Camille bisher immer auf denselben Flugrouten eingesetzt waren, wurden sie mit der Zeit zu engen Freunden. Sie sind beide am 4. Dezember 1920 geboren, zur selben Stunde, weshalb alle sie »die astrologischen Zwillinge« nennen. Die Funker an Bord sind Roger Pierre und Paul Giraud, Jean Salvatori ist für die Navigation zuständig. Mit den beiden Mechanikern André Villet und Marcel Sarrazin ist die Mannschaft komplett.

3

Der Ton ist nicht rein

O Flugzeug, Flugzeug, steige in die Lüfte,
Streife über Berge, quere die Ozeane.

Guillaume Apollinaire
Poèmes retrouvés / Wiedergefundene Gedichte

»Der neue Komet der Air France«, konnte man in den Werbebroschüren lesen. Die Constellation werde die schwimmenden Paläste ersetzen und endgültig die Vorherrschaft des Himmels über die See besiegeln. Ein chromblitzender Vogel, entsprungen der verrückten Phantasie eines Menschen, Howard Hughes.

Als Hauptaktionär der Trans World Airlines (TWA) hatte Hughes 1939 Pläne für die Konstruktion von »Connie« in Auftrag gegeben. Gemeinsam mit dem Flugzeugbauer Lockheed Aircraft versuchte sich der Kino- und Luftfahrtmogul an einer neuen Herausforderung, einer viermotorigen Linienmaschine mit Druckkabine, die eine Distanz von 5600 Kilometern ohne Zwischenlandung bewältigen würde. Er zeichnete mit lockerer Hand Pläne und Skizzen, die sowohl Eleganz als auch Erotik vermittelten, an den Ingenieuren war es, sie nach den besten Regeln der Luftfahrt umzusetzen. Zur gleichen Zeit entwarf Hughes für Jane Russell in dem Film *Geächtet* einen stählernen BH, der ihren Busen in ein direkt auf den Zuschauer und sämtliche Moralhüter gerichtetes Geschoss verwandelte.

Obwohl in das Verteidigungsprogramm der amerikanischen Luftwaffe integriert, hob die Constellation erst 1944 – nachdem die alliierten Truppen von einem Kontinent zum anderen transportiert worden waren – zu ihrem ersten Linienflug ab und stellte ganz nebenbei einen neuen Rekord auf, als sie in sechs Stunden und 57 Minuten von Burbank in Kalifornien nach Washington flog. Am 15. Februar trommelte der Filmproduzent alles, was in Hollywood Rang und Namen hatte, für einen Flug ohne Zwischenlandung von New York nach Los Angeles zusammen. Ein Megaphon in der einen, ein Glas Champagner in der anderen Hand, in den Armen von Paulette Goddard und Linda Darnell, präsentierte er in achttausend Metern Höhe sein neues Spielzeug. Mit der Constellation brach ein glanzvolles Zeitalter an, ein Luxustraum in Aluminium wurde wahr. Ein Symbol für den Höhepunkt der transatlantischen Propellerflüge, die jedoch zunächst unter keinem guten Stern standen. Das Gesetz der Serie. Am 18. Juni 1946 fing auf einem Flug für Pan Am einer der vier Motoren der Constellation Feuer. Der Pilot setzte seine Route quer über die Vereinigten Staaten trotzdem fort, fast elf Stunden lang. Dreiundzwanzig Tage später führte eine Notlandung der Constellation – mittlerweile als »das beste *drei*motorige Flugzeug der Welt« belächelt – zum Tod von sechs Passagieren. Vorsichtshalber hob danach keine Constellation mehr vom Boden ab, bis die Firma Lockheed die notwendigen Verbesserungen durchgeführt hatte. Ein paar Monate später war der Vogel wieder für den Flugverkehr zugelassen und bot sich den Luftfahrtgesellschaften auf der ganzen Welt als das unumgängliche Langstreckenflugzeug an. Auch Air France, ein ehemals privates Unternehmen, nunmehr verstaatlicht, bestellte dreizehn Maschinen bei Lockheed. Am 9. Juli 1946 startete vom Flughafen La Guardia die erste Constellation der Air France, Matrikel F-BAZA, gesteuert von Roger Loubry. Mit Einführung des Luxusangebots »Comète d'Or« am 8. Oktober 1947 durfte Air France mit Fug und Recht von sich behaupten, die einzige Airline zu sein, die auf ihren Transatlantikflügen Liegen anbot und die sechzehn Flugstunden durch eine lange Schlafphase überbrückte.

Als sich das Flugzeug auf Höhe der französischen Küste befindet, eilen die Stewardess Suzanne Roig und die beiden Stewards Albert Brucker und Raymond Redon geschäftig im Kabinenraum hin und her. Marcel Cerdan hat nach einem kurzen Besuch im Cockpit neben seinem Freund Paul Genser Platz genommen. In der Reihe vor ihnen spricht Jo Longman mit dem Journalisten René Hauth, dem Chefredakteur der *Dernières Nouvelles d'Alsace*. Hauth erkundigt sich, ob der Champion in Form ist, was auf seiner Agenda steht, wo er trainieren wird und was dem Manager Sorgen bereitet. Er werde gleich morgen von New York aus einen Bericht an die Redaktion telegraphieren. Was für eine wunderbare Gelegenheit, buchstäblich im Flug Informationen aus erster Hand zu erhalten! Hoch über den Wolken komme es doch wahrhaftig zu den unverhofftesten Begegnungen. In einer der hinteren Reihen unterhalten sich Jean und Ginette Neveu leise miteinander und schließen Bekanntschaft mit ihrem Nachbarn Edward Supine, einem Geschäftsmann aus Brooklyn, der belgische Spitzen importiert und gerade auf der Rückreise von Calais ist. Mit Musik kenne er sich fast gar nicht aus, gesteht er ihnen ein wenig verlegen, verspricht der Geigenvirtuosin jedoch, dass er sich eine ihrer Aufnahmen anhören wird, und bittet sie, ihm ihren Namen zu buchstabieren. Guy Jasmin, vier Sitze weiter, beginnt mit der Lektüre des Romans *Moby Dick*, den er sich am Tag vor der Abreise in der Buchhandlung Gallimard am Boulevard Raspail gekauft hat. Die ersten Worte klingen sehr rätselhaft: »Nennt mich Ismael. Vor einigen Jahren, als mein Beutel so gut wie leer war, kam mir der Gedanke, ich könnte ein bisschen zur See fahren und mir den wässrigen Teil der Welt besehen.«

Rechts von ihm kann Ernest Lowenstein, Gerbereibesitzer in Frankreich und in Marokko, sein Glück nicht fassen, in derselben Maschine wie Marcel Cerdan zu fliegen. Er zwängt sich zwischen den Sitzen durch, um sich von dem Boxchampion den Notizblock signieren zu lassen. Die Stewardess, in Plisseerock und marineblauem Blazer, das Béret mit dem Emblem des geflügelten Seepferdchens auf dem Kopf, schiebt ihr Wägelchen von Reihe zu Reihe, um den Passagieren – zur einen Seite auf leicht nach hinten geneigten Sitzen, zur anderen hinter Vorhängen auf Schlafliegen – das Essen zu servieren: Rindfleisch in Aspik, Lammragout mit Esskastanien, dazu Champagner. Seit dem 30. September bietet Air France warme Mahlzeiten an Bord an, für viele der Passagiere ist das an diesem Abend eine Premiere. Die Idee stammt von Max Hymans, dem Präsidenten der Fluggesellschaft, der einige Monate zuvor den Hotelservice Orly ins Leben gerufen hat und bei dieser Gelegenheit mehrere namhafte Pariser Nobelköche verpflichtete.

Um 21 Uhr, als sich die Constellation 13900 Fuß über dem Atlantik befindet, teilen die Piloten dem Flughafen Orly ihre Position mit und fliegen dann auf der Diagonale in Richtung Azoren weiter. Bei einer Geschwindigkeit von

400 Stundenkilometern werden sie den Flughafen von Santa Maria um 2 Uhr 30 morgens erreichen. Die Maschine scheint zu schweben. Im Cockpit hat Jean de la Noüe seinen beiden Kopiloten das Kommando übergeben. Roger Pierre, der ständigen Kontakt mit der Flugsicherung hält, füttert ihn mit meteorologischen Daten.

»Kapitän, Paris hat die Änderung unserer Flugroute über Santa Maria bestätigt, für die Ankunftszeit ist ein leichtes Tiefdruckgebiet vorhergesagt und begrenzte Sicht am Boden.«

Es ist bald 23 Uhr, als Jean de la Noüe wieder das Kommando übernimmt, um durch eine Zone mit Turbulenzen zu fliegen. Es wird beschlossen, höher zu fliegen, die Maschine über die Wolken zu bringen. In der Kabine schlafen die Passagiere allmählich ein, gewiegt vom gleichmäßigen Brummen der Propeller. Ein paar Minuten vor dem Sinkflug wird man sie wecken, damit sie sich anschnallen und auf die Landung vorbereiten können. Ein erstes dreistündiges Nickerchen vor dem langen Streckenabschnitt nach Neufundland.

Jean ist kein Mann der vielen Worte, lieber gibt er seine Kommandos wohldosiert – ein paar gezielte Angaben, keine Schnörkel –, nur das, was für den guten Ablauf des Flugs notwendig ist. Eine wortkarge Autorität. Vom Krieg und seinen Heldentaten spricht er wenig, im Unterschied zu seinen beiden Kopiloten, die bei der französischen Luftwaffe ihre Feuertaufe erhalten hatten.

Als bereits kampferprobte Piloten langweilen sie sich auf den eintönigen Linienflügen nach Amerika, tauschen sich über die neuesten Jagdflugzeuge aus und reden beiläufig über die Vorzüge der sowjetischen MiG-9 und Yak-15 sowie der F-84 Thunderjet der Navy. Außerdem rühmen sie das, was die französische Luftfahrt in den vergangenen Jahren geschafft hat. Sie habe ihre Rückständigkeit nämlich mit der Einführung der SO.6000 Triton überwunden, einer zweisitzigen Maschine mit Einzeltriebwerk, die eine Spitzengeschwindigkeit von bis zu 950 Stundenkilometern erreiche – und somit nur noch knappe 300 Kilometer von der Schallmauer entfernt war, die Chuck Yeager an Bord des Raketenflugzeugs Bell X-1 durchbrach. Die bisherigen Ziele der zivilen Luftfahrt, »immer nach vorn« und »Hauptsache abheben«, wichen nun dem Streben nach neuen akustischen wie räumlichen Herausforderungen.

Um ein Uhr morgens, 300 Kilometer vom Ankunftsort entfernt, stellen die Piloten den Kontakt zum Tower von Santa Maria her. Während des ersten Nachrichtenaustauschs erhält die Constellation die Anweisung, ihren Empfänger zu regulieren, der Ton sei nicht ganz rein. Der Tower bestätigt die ideale Position des Flugzeugs, das per Funkbaken an den Azoren entlanggelotst wird. Die Bezirkskontrollstelle meldet optimale Wetterbedingungen und gute Sicht am Boden.

4

Monvels Wahnsinn

Man muss sich vorstellen, dass denen ihre Stadt aufrecht stand, absolut gerade.

Louis-Ferdinand Céline
Reise ans Ende der Nacht

Bernard Boutet de Monvel hasste das Reisen mit dem Flugzeug. Nicht, dass er an Flugangst gelitten hätte. Er war Pilot. Um nicht zu sagen, ein Fliegerheld. 1914 einberufen, hatte er sich zunächst bei einigen Flügen an der Somme-Bucht hervorgetan und schließlich einen großen Luftangriff zwischen Saloniki und Budapest ausgeführt. Trotzdem gab er dem Reisen mit dem Ozeandampfer bei weitem den Vorzug. Nur unter Zwang wählte er den Luftweg. Boutet de Monvel war ein Mann des vorigen Jahrhunderts, ein Repräsentant jener untergehenden Gesellschaft, die bald den ständig unter Zeitnot leidenden Menschen Platz machte, und hätte sicher unterschrieben, was Paul Valéry als »Waage der Intelligenz« bezeichnete: »Wir halten die Zeitdauer nicht mehr aus. Wir wissen uns die Langeweile nicht mehr nutzbar zu machen.«

Als Maler der knappen Linien und der geraden Flächen liebte er das unbeirrte Dahingleiten der luxuriösen Dampfschiffe. In den Augen dieses Mannes bedeutete jenes schlappe 20. Jahrhundert, in dem er widerwillig mitschwamm, weit mehr das Ende einer Epoche, als dies für die Zwischenkriegszeit gegolten hatte. Er fühlte sich bereits aus dem Rennen geworfen und verlangsamte nun mit doppelter Freude das Tempo. Seine Erwiderung auf den neuen Menschen war die Karikatur aus einer anderen Zeit. Sein übertrieben zur Schau getragenes Dandytum, sein perfektes Auftreten, seine formvollendeten Manieren – sie wirkten gleichsam wie Bremsklötze in der allgemeinen Ungeduld. Ein unauffälliger Schritt zur Seite in seinen gewichsten Stiefeln, über den er sich heimlich freute, eine leichte Abweichung vom alltäglichen Trott der Welt in Form eines Dreiteilers. Dennoch, die anonymen Massen, die durch die Bürotürme irrten, die riesigen Bahnhöfe und gigantischen Straßenzüge übten auch eine gewisse Faszination auf ihn aus. Er erkannte darin die perfekte Anverwandlung eines Ideals, die Auflehnung der ebenen Fläche, die Vermassung der Vertikalen. Die Verachtung der Avantgarde beruhigte ihn eher, als dass sie ihm Kummer bereitete, er sah darin eine Art Anerkennung. Ein unangepasstes Tempo in Gestalt einer Ethik ließ ihn unweigerlich gegen den Strom schwimmen. Und genau aufgrund dieser Veranlagung hatte er es vorgezogen, 1926 in die Vereinigten Staaten zu emigrieren, ausgerechnet zu dem Zeitpunkt, als die Pariser Malerei zu einem Höhenflug ansetzte, um dann wiederzukehren, als mitten im Zweiten Weltkrieg New York zum Zentrum europäischer Künstler wurde. Ein antizyklisches Verhalten, das ihm bisweilen zum Nachteil gereichte. Er hatte sich geschworen, das Etikett des Salonmalers abzulegen, und doch war er in den USA, ohne es zu wollen, zum Lieblingsporträtisten der Milliardäre geworden, zum Darling der Café-Society. Wie weit hatte er sich von den Landschaften in Fès entfernt, die er gegen Ende des Ersten Weltkriegs gemalt hatte, oder von seinen Skizzen, die an Bord der Ozeanriesen für das Magazin *Harper's Bazaar* entstanden waren, oder auch von den Stahlwerken Chicagos und den Ansichten der Grand Central Station! Nun wurde er für seine Ganzkörperporträts gefeiert, ja vergöttert. Künstlerischen Masochismus hatte er schon 1908 erlebt, als ihm die Anerkennung im Kollegenkreis dank eines Selbstbildnisses zuteil wurde, das im Rahmen einer Ausstellung der Société Nationale des Beaux-Arts gezeigt wurde. Bei der Präsentation seines Werks hatte er in gespielter Bescheidenheit gewitzelt: »Ach, das ist doch nichts weiter als ein Porträt von mir.« Gegen sich selbst anzukämpfen, das gelang einem zuweilen. Eine ziemlich paradoxe Haltung, die gern glauben machte, das Scheitern habe auch Vorteile. Etwa der Börsenkrach von 1929 – für ihn ein Fest. Die Milliardäre, die sich reihenweise von den Wolkenkratzern stürzten, reduzierten zwar das Volumen seiner Auftragsbücher, gestatteten ihm jedoch, sich der bildlichen Darstellung der unendlichen Weiten Nordamerikas zu widmen. Eine fruchtbare Depression für ihn, anstatt das verwelkte Fleisch der Mächtigen zu malen, gestaltete er nun langgezogene Betonfluchten. Die Fabrik, nicht ihren Eigentümer, das Gebäude, nicht dessen Besitzer.

Ein aristokratisches Gesicht, das durch tiefblaue Augen und klare Linien unter einer edlen Stirn noch betont wurde: Boutet de Monvel, das Haar stets pomadisiert und immer makellos gekleidet, strahlte eine kalte, unerbittliche, schneidende Schönheit aus. Sein souveränes Auftreten wahrte er in jedem Augenblick. Monvel war ein ausgemachter Exzentriker, nichts ließ auf die heimliche Neigung schließen, die ihn umtrieb. Seit Beginn des Jahrhunderts war er ein Nachtschwärmer, und regelmäßig führte sein Weg ihn ins *Maxim's*. Jeden Abend wetteiferten er und seine Gefährten darum, mit welchem genialen Einfall man der Langeweile ein Schnippchen schlagen könnte. Noch heute erinnerte er sich mit großem Vergnügen daran, wie sein Kumpel Ravaud sich als Omnibusschaffner verkleidete und die Fahrgäste in Richtung Pontoise umleitete. Monvel hatte einen trockenen Humor, so streng er erscheinen mochte, konnte er doch jeder Situation, auch der besorgniserregendsten, etwas Amüsantes abgewinnen. Mitten im Zweiten Weltkrieg ließ er seine gesamte Familie mit Gasmasken vor ihrem Anwesen Modell stehen, das surrealistisch anmutende Foto hing eingerahmt in seiner New Yorker Wohnung.

Eine Extravaganz, die 1936 zu Stein wurde: eine achteckige Villa in Palm Beach in Florida, nicht ohne Ironie »Monvels Wahnsinn« genannt.

Am Abend des 27. Oktober will Monvel seine Irrfahrten zu einem Abschluss bringen. Mit seinen fast siebzig Jahren hat er sich eigentlich geschworen, nie wieder einen Fuß in die Vereinigten Staaten zu setzen. Seine Villa, »Monvels Wahnsinn«, ist verkauft, sein anderes Leben auf mehrere Koffer verteilt und er bereit, sich auf ein gemütliches Dasein als Rentner in Frankreich einzustellen.

Unterdessen gönnte er sich das Vergnügen eines letzten Projekts: Im Februar 1948 erhielt er einen seltsamen Anruf der berühmten Filmgesellschaft RKO – ob er zum unmittelbar bevorstehenden Filmstart von *Die Jungfrau von Orléans* das Porträt der Titelheldin Ingrid Bergman anfertigen wolle? Mehrere Tage lang saß ihm der Star, ein Schwert in der Hand, im Hotel Hampshire House Modell. Er bewunderte Bergman, seit er sie in *Berüchtigt* gesehen hatte. Und insgeheim wollte er mit diesem Auftrag seiner Familiengeschichte eine Nase drehen. Sein Vater nämlich, der Zeichner Maurice Boutet de Monvel, war 1896 mit seinem Album *Die Jungfrau von Orléans* berühmt geworden, einer Sammlung völlig überladener historischer Fresken in Aquarell, die später als Zinkographien reproduziert wurden. Der Kreis schließt sich, dachte Monvel bei sich. Ein ganz und gar unfreiwilliges Geschenk der RKO.

In den vergangenen Wochen dieses Herbstes 1949 rühmte die Presse den Regisseur Victor Fleming einhellig, André Bazin sprach von einem »getreuen und bewegenden Film«. Doch Monvel hat bisher keine Zeit gefunden, sich eine Vorstellung anzusehen, er musste noch einen letzten Auftrag von Mary Rogers fertigstellen. Nur durch eine Serie seltsamer Umstände kommt es dazu, dass sich der Maler auf der Passagierliste der Maschine F-BAZN befindet. Die Höflichkeit, jene sorgfältig verpackte Gleichgültigkeit, hat ihm einen letzten Streich gespielt. Monvels letzte Reise sollte ursprünglich in Begleitung der Schauspielerin Françoise Rosay am Mittwoch, dem 26. Oktober, stattfinden. Beim Einchecken jedoch erklärte sich Monvel bereit, der Schauspielerin, die mit Übergepäck reiste, seinen Platz zu überlassen. Er versicherte, dass die Verschiebung um einen Tag keine Auswirkungen auf seinen Terminplan habe und dass er bedaure, ihr nur insofern behilflich sein zu können, indem er auf seinen Flug verzichtete. In einer ebenso geistreichen wie eleganten Wendung fügte er hinzu: »Denken Sie an Bergson, die Höflichkeit des Geistes ist nur eine Form der Flexibilität. Und heute Abend geben Sie meinem empirischen Geist Gelegenheit, diese These zu beweisen.«

5

»I have the field in sight!«

Das Flugzeug webt Telegraphendrähte.

Philippe Soupault, *Dimanche (Sonntag)*

Das Kabinenpersonal macht sich daran, die Passagiere auf den Schlafliegen zu wecken, es ist 2 Uhr morgens, und laut Flugplan wird die Constellation in einer Dreiviertelstunde zum Auftanken auf dem Rollfeld von Santa Maria landen. Abgesehen von ein paar Turbulenzen ist es ein ruhiger Flug ohne besondere Vorkommnisse. Roger Pierre übermittelt dem Flughafen die voraussichtliche Ankunftszeit: 2 Uhr 45. Ein paar Minuten später erteilt der portugiesische Tower die Landeerlaubnis. Jean de La Noüe sitzt wieder am Steuer und fixiert die Flughöhe auf 2700 Meter über dem Meer. Erst zum dritten Mal wird der Pilot auf den Azoren landen, für gewöhnlich fliegt er die nördliche Transatlantikroute mit Zwischenstopp in Irland, wo sich die Besatzung immer in den Duty-free-Shop stürzt, was Shannon intern den Beinamen »Whiskey-Hafen« einbrachte.

Santa Maria ist eine der neun Inseln der Azoren, ein paar Vulkanbrocken, die verstreut im

Ozean liegen. Der Flughafen hat etwas sehr Provinzielles, er ähnelt einem ausgebauten Flugzeugträger. Der windgepeitschte Archipel war schon immer nur eine Zwischenstation, für Schiffe wie für Flugzeuge. Der letzte Schritt vor dem großen Sprung. Man kommt an und startet durch.

Dreißig Minuten vor der Ankunft signalisiert die Constellation dem Tower eine Verspätung von 30 Minuten im Vergleich zu der ursprünglich angegebenen Zeit und bittet um die Genehmigung, ihren langsamen Sinkflug auf 1500 Meter Flughöhe fortsetzen zu dürfen. Die Genehmigung wird erteilt, und der Tower bestätigt optimale Wetterbedingungen – wolkenloser Himmel und perfekte Sicht. Im Cockpit führen Jean de la Noüe und seine beiden Kopiloten die letzten Handgriffe aus, mit der gebotenen Konzentration, aber auch gelassen, da sie nun über die günstigen Wetterbedingungen auf der Insel Bescheid wissen. Um 2 Uhr 50 gibt F-BAZN den definitiven Zeitpunkt der Landung in fünf Minuten durch. Nachdem die Crew die letzte routinemäßige Bestätigung erhalten hat, steuert das Flugzeug auf 1000 Meter Flughöhe. Die Landeinformationen sowie die Angaben über Windgeschwindigkeit und -richtung werden der Constellation übermittelt, außerdem die Nummer der Landepiste. »Roger«, erwidert der Pilot. Die Seewetterbezeichnungen sowie das internationale Buchstabieralphabet üben einen exotischen Reiz aus: Dogger, Fisher,

Hektopascal, auffrischender Wind aus Südwest, Viking, Beaufortskala, Brandungswelle, nicht zuletzt das berühmte Azorenhoch. Y antwortet in kryptischen Begriffen: Alpha, Bravo, Charlie, Delta, Echo, Foxtrot, Golf, Hotel, India, Juliet, Kilo, Lima, Mike, November, Oscar, Papa, Québec, Romeo, Sierra, Tango, Uniform, Victor, Whiskey, X-Ray, Yankee, Zulu. Die Technik und ihre Sprache, Geheimformeln, wie mit dem Zauberstab ausgeführt. Der Unterschied zwischen fortschrittlicher Technologie und Zauberei ist plötzlich nicht mehr erkennbar, es geht schließlich darum, eine mehrere Tonnen schwere Karosserie in der Luft zu halten.

Die Passagiere sind angeschnallt, Marcel scherzt mit Jo Longman, während Paul Genser unverwandt zum Fenster hinausschaut. Ginette Neveu presst zwei Instrumentenkästen an die Brust, in einem ruht ihre Stradivari, in dem anderen ihre Guadagnini – eine Woche zuvor besaß sie nur eine der beiden. An ihre Klappsitze geschnallt, bereiten sich die Piloten im Cockpit auf die Landung vor.

Land in Sicht, 2 Uhr 51. Jean de la Noüe ruft: »I have the field in sight!« Die Landmasse, die vor ihnen liegt, ist in dichten Nebel gehüllt, Lichter dringen durch den Wolkenschleier, und die Mannschaft stellt verwundert fest, dass es regnet und das Flugzeug in einen dicken Wattemantel gehüllt ist. War nicht perfekte Sicht vorausgesagt worden? Unverständnis macht sich im Cockpit breit. Ohne Zweifel ein Übersetzungsfehler, der nicht berichtigt wurde. Roger Pierre und Jean Salvatori, für die Navigation zuständig, überprüfen noch einmal die von den Baken am Boden übertragenen Koordinaten. Oberhalb des Monitors steht auf einem Metallschild, das an der mit Plastik verschalten Wand angebracht ist: NOTAUSGANG. In der Ferne schimmern die Begrenzungsleuchten des Flugfeldes. Das Fahrwerk ist bereits ausgeklappt, die Landung der Maschine auf dem Flughafen von Santa Maria steht unmittelbar bevor.

Um zwei Uhr einundfünfzig und zwei Sekunden schickt der Tower eine letzte Nachricht an die Constellation. Sie bleibt unbeantwortet.

6

Das Nylon-Zeitalter

Unterm Kleid das Höschen und den BH,
und aus Koketterie 'nen Petticoat aus Nylon.

Elsa Triolet, *L'Âge de Nylon*
(Das Nylon-Zeitalter)

Der unendliche Wettstreit zufälliger Ereignisse führt zu den unwahrscheinlichsten Ergebnissen. Nimmt man achtundvierzig Menschen und damit ebenso viele Unwägbarkeiten innerhalb eines Rasters von unzähligen Motiven, ist das Schicksal stets eine Frage der Perspektive. Ein Flugzeug als Modell, in dem achtundvierzig Fragmente von Geschichten eine Welt bilden. Eine schwankende und voreilige Erhebung, die jegliche Methodik über den Haufen wirft. Eine Untersuchung zu Männern und Frauen. Die übliche Quote, ein soziologischer Querschnitt, wie die in der Résistance tätige Schriftstellerin Charlotte Delbo in *Le Convoi du 24 janvier* schreibt – zweihundertdreißig Frauen, zweihundertdreißig Akten, Fakten, Daten, Bestimmungsorte, die sich durch ihre bloße Anordnung und Abfolge jeglichen formalen Zwanges entledigen. Leben, winzige und riesige, wie Matrjoschkas. Sechs Jahre zuvor hätte Amélie Ringler eine dieser Frauen sein können. Sie hätte ein paar Flugblätter, die zum Widerstand aufriefen, in ihre Tasche gesteckt, wäre erst als politische Gefangene nach Romainville gekommen, dann ins Lager. Amélie wäre einundzwanzig Jahre alt gewesen.

Achtzehn war sie, als Mulhouse, annektiert vom »Dritten Reich«, zu Mülhausen wurde und Hitler und seine Schergen durch die Straßen der Stadt paradierten. Über den Schluchtpass kam das Wehrmachtskorps und setzte, den Arm vorgereckt, seinen Weg in die Altstadt fort. Ein paar Tage später hatten auf einmal alle Straßen deutsche Namen. Die Rue du Sauvage hieß Adolf-Hitler-Straße, eine perfekte Interpretation, die nur einen Moment lang zur Erheiterung der Stadt beitrug. Bald hieß sie wieder, wörtlich übersetzt, Wildemannstraße. Zweiundzwanzig war Amélie, als sie am frühen Morgen des 21. November 1944 überrascht dem Einmarsch der senegalesischen Schützen und der französischen Truppen unter dem Oberbefehl von General Lattre de Tassigny zusah. Zwei Tage tobte die Schlacht, und dann, am 23. November, bemächtigten sich die marokkanischen Schützen, unterstützt von Panzern, der Lefèbvre-Kasernen, des letzten Schlupfwinkels der Deutschen.

Amélie fliegt an Bord der Constellation einem Schicksal entgegen, das sie sich nicht hätte träumen lassen, so unerhört und wahrhaft unglaublich schien es noch vor ein paar Wochen. Sie arbeitet als Spulerin in einer der Textilfabriken von Mulhouse, sie ist das älteste von zehn Kindern. Amélie, so lautet auch der Name der Kalimine, in der ihr Vater arbeitet. Im Norden von Mulhouse liegen die Schächte der protestantischen Erben: Eugène, Alex, Joseph-Else, Fernand, Théodore, Max, Rodolphe. Die Familie haust in der Arbeitersiedlung, die die Société Industrielle von Mulhouse direkt bei den Minen errichtet hat. Jeden Morgen brechen Amélies Brüder zu den Kaliminen auf, während sie und ihre Schwestern für den Spinnereibetrieb Dollfus-Mieg & Compagnie tätig sind – das Logo des Garns, DMC, ist in den Auslagen der Kurzwarengeschäfte zu sehen. Die Schwestern Ringler sind Spulerinnen, sie erzeugen das Garn, das man nach Belieben in einzelne Fasern zerteilen kann. Spulen, Knäuel, geglättet und gekämmt zu Strängen, die schließlich durch die Nadel einer Spindel geführt werden. An Amélies Wiege hatte indes keine böse Fee gestanden, die dem Kind prophezeite, es werde sich an einer Spindel stechen, nein, es war eine wohlmeinende Patentante, die über Amélies Schicksal wachte. Als Amélie siebenundzwanzig Jahre alt war, gab ein Brief darüber Aufschluss. Die wohlmeinende Patentante hatte das Elsass in den 1930er Jahren verlassen, um in den Vereinigten Staaten ihr Glück zu suchen. Es hieß, sie sei reich, niemand wusste etwas Genaues. In Detroit hatte sie sich von der Arbeiterin zur Direktorin einer wichtigen Fabrik für Nylonstrumpfhosen emporgearbeitet. Ledig und kinderlos geblieben, hatte sie alles ihrem Aufstieg geopfert. Und plötzlich bat die vermögende Frau ihr Patenkind, sie zu besuchen. An einem Septemberabend versammelte sich die Familie, um gemeinsam den Brief der vergessenen Tante zu lesen. Die Nachricht ließ keinen Zweifel: Amélie war ihre Universalerbin. Dem Brief lag eine Postanweisung über zweihunderttausend Franc zur Deckung der Reisekosten bei.

Alles ging so schnell, und an diesem 27. Oktober kann Amélie ihr Glück noch immer nicht fassen. Sie möchte diese Neuigkeit, diese über ihr schwebende Prophezeiung mit eigenen Ohren hören. Zum ersten Mal befindet sie sich sechzehntausend Fuß über einem Ozean, den sie noch nie gesehen hat. Am Vortag, als sie in Paris ankam, schlenderte sie stundenlang durch das Warenhaus *Le Bon Marché*. Sie kaufte ein langes grünes Kleid, ein Halstuch und eine Nylonstrumpfhose von Schiaparelli. Ihre langen braunen Haare hat sie heute zusammengebunden unter einem schwarzen Strohhut, eine Haarsträhne schaut hervor. Sie hat grüne, mandelförmige Augen. Um den Hals trägt sie ein silbernes Medaillon aus Ägypten, ein Ânkh-Amulett, das Symbol des ewigen Lebens. In der Maschine nimmt sie neben einer anderen jungen Frau Platz, Françoise Brandière.

Sie sind in etwa gleich alt, könnten Schwestern sein, aber wenn Amélie morgen mit einem Zug von der Grand Central Station nach Detroit fährt, wird Françoise mit einem anderen Flugzeug nach Kuba weiterreisen.

Zehn Jahre später beginnt Elsa Triolet mit der Arbeit an ihrer Trilogie *Das Nylon-Zeitalter*: *Rosen auf Kredit*, *Luna-Park* und *Die Seele* – Skizzen einer Epoche auf der Suche nach sich selbst, einer Zeit, die unterschiedliche Geisteshaltungen, Geschmäcker und Träume vereint. Amélie hätte eine von Triolets Heldinnen sein können, ohne Zweifel die schönste von allen. Die Baumwollarbeiterin als künftige Nylon-Königin, die Garnspinnerin aus dem Alten Europa als Industrielle der Neuen Welt. Der Wechsel vom Zeitalter der Seide zu dem des Nylons, vom lebenden Stoff zum künstlichen Synthetikgewebe.

7

Auf hoher See vor den Azoren

… 1027 Hektopascal bei den Azoren,
ein Hochdruckkeil von 1025 Hektopascal schiebt
sich vor in Richtung Spanien.

Marie-Pierre Planchon
Météo marine (Seewetterbericht)

Mehrere Minuten sind vergangen, seit der Funker seine letzte Nachricht an die Lockheed Constellation übermittelt hat. Die Unruhe lässt sich mit Händen greifen, das Flugzeug müsste bereits über die Landebahn 1 des Flughafens Santa Maria rollen. Kein Laut ist zu hören, kein Licht und keine Explosion sind am sternklaren Himmel über der Insel zu beobachten. Die Maschine F-BAZN hat sich in Luft aufgelöst. Die beiden diensthabenden Funker setzen eine neue Nachricht ab, doch auch dieser Appell bleibt unbeantwortet. Um 2 Uhr 53 – 23 Uhr 53 Ortszeit – wird Alarm ausgelöst. Zugleich beginnt eine Suche, die sich auf die Küste vor den Azoren konzentriert. Die Constellation ist ins Meer gestürzt, keine andere Hypothese erscheint plausibel. Ins Meer stürzen, eine weitere der vielen maritimen Wendungen …

Ins Meer stürzen, das Meer durchpflügen, sich im Meer verlieren, in See stechen, aufs Meer hinausfahren, auf hoher See, eine Flaschenpost ins Meer werfen, im Meer ertrinken, vom Meer verschlungen, aufs offene Meer hinausgetragen, an die Küste fahren, Seeräuberei betreiben, die sieben Weltmeere, im Meer versinken, Mann über Bord!, auf dem Meeresgrund, alter Seebär, Schiffbruch erleiden, hoher Seegang, Hochwasser, Niedrigwasser, Ebbe, das Meer, das aufwühlt, mitreißt, grollt, schäumt, ins Wanken bringt, überspült, glitzert, leuchtet, schimmert, funkelt, sich beruhigt, der Meeresspiegel sinkt, das Meer flutet zurück, schäumt, brandet an. *Des Meers Gedicht!*, schrieb Arthur Rimbaud, Sterne in milchigem Strahl, die Tide tobte und klatschte, die Inselsterne, die Archipele, darüber Fieberhimmel – das Tor der Wanderschaft! Ist es in einer dieser bodenlosen Nächte, dass das Flugzeug entschlummert und entschwindet?

Die Besatzung der Rettungsboote, die von der Insel aus gestartet sind, hält auf offenem Meer nach dem Wrack Ausschau, nach Überlebenden, so hofft man, nach Opfern, so fürchtet man. An den Bug geschraubte Scheinwerfer suchen die Riffe und den endlosen Atlantik ab. Tiefschwarze Nacht, der Lärm der Sirenen, das Blinken der Schiffslaternen und die hartnäckige, unbezwingbare Furcht, die zunehmend zur Gewissheit wird, je mehr Minuten verstreichen, unerbittlich. 1 Uhr 30 Ortszeit. Es wird noch eine Weile dauern, bis die Morgendämmerung die Weiten des Ozeans erhellt. Im Umkreis der Schnellboote keine Spur eines Flugzeugs, von Wrackteilen oder einem Metallrumpf, kein Hilferuf, der die Stille zerreißt, nichts als die aufgewühlte See, das Brummen der Motoren, das Aufspritzen der Gischt, die gegen die Schiffswand peitscht. Eine tönende Stille. Die Stille, die man hört, wenn man nachts übers Meer fährt, eine ohrenbetäubende, schwer lastende Stille, ein leerer Himmel, übersät mit Sternen, ein Widerspruch in sich.

Im *Almagest*, der mathematischen und astronomischen Quintessenz, stellte der griechische Weise Ptolemäus zum ersten Mal eine Kartographie des Himmelsgewölbes dar und zählte 1022 Sterne und 48 Sternbilder auf. Auf den Azoren, zwischen Hund und Wolf, sind achtundvierzig Menschen in einem Flugzeug verschwunden, das den Namen »Constellation« – Sternbild – trägt. 2 Uhr, 3 Uhr, 4 Uhr, 5 Uhr morgens, kein Zeichen taucht aus den Fluten auf, in deren Unendlichkeit sich Großer und Kleiner Bär, Orion und Skorpion spiegeln.

8

Fünf baskische Hirten

Wir sind da, wir, die Hirten!

Jean Giono, *Le Serpent d'étoiles*
(Die Sternenschlange)

Am Mittwoch, dem 26. Oktober 1949, stehen fünf baskische Hirten auf dem Perron des Bahnhofs Bordeaux-Saint-Jean. Sie träumen davon, mit einem kleinen Vermögen in ihre Heimat zurückzukehren. Vier junge Männer und eine junge Frau, allesamt Landwirte.

Thérèse Etchepare ist eine zarte Frau von zwanzig Jahren, sie hat schmale schwarze Augen. Um nicht zu weinen, klammert sie sich an ihren Seesack. Sie wird als Dienstmädchen auf einer Ranch in Tempe, Arizona, arbeiten. Dreitausend Tiere, Kälber, Kühe und Schweine. Zwei Monate ist es her, seit sie den Entschluss gefasst und sich eines Dienstags von den Ihren losgerissen hat.

Der älteste der fünf Hirten, Guillaume Chaurront, ein hübscher Bursche, ist achtundzwanzig. Er bedauert es überhaupt nicht, seine Heimat zu verlassen, schon immer hat er von den weiten Ebenen dort drüben in Kalifornien geträumt.

Jean-Louis Arambel, neunzehn Jahre alt, ist

der Jüngste des Grüppchens aus Aldudes. Er lässt seine Eltern und drei Brüder zurück. Sie haben nun ein Maul weniger zu stopfen, er träumt von einer besseren Zukunft. Es ist ein Abschied ohne Tränen. Er wird zu seinem Onkel, einem Farmer in Los Baños in Kalifornien, fahren. Seine Freundin Maritchu, die er am Vorabend der Abreise lange geküsst hat, wird zehn Jahre auf ihn warten müssen. Sie haben einander versprochen, haben oben auf einem Hügel einen Pakt geschlossen: Nach seiner Rückkehr werden sie unten im Tal ein Grundstück kaufen.

Jean-Pierre Aduritz hat weniger zu verlieren und nicht viel zu gewinnen. Aber er fährt trotzdem. Er ist einundzwanzig und seit seinem fünften Lebensjahr Dienstbote in Aldudes. Der Vertrag als Viehhirt, den er in der Tasche hat, ist für ihn ein Glücksfall. Seine vier Schwestern werden vielleicht eines Tages nachkommen, zumindest hofft er das.

Jean-Pierre Suquilbide, fünfundzwanzig Jahre, Dienstbote wie Aduritz, ist der Älteste von sieben Geschwistern. Er ist nicht ehrgeiziger als andere, aber er freut sich sehr darauf, nach Pocatello in Idaho zu reisen. Wenn es nach ihm ginge, würde er, vielleicht in zehn Jahren, eines jener weißen Häuser in der Heimat kaufen. Er hat sie gehört, die Alten, als sie aus Amerika zurückkehrten und im Schatten der Giebel von Pferden, Cowboys, unendlichen Weidegründen in Wyoming, Texas oder Colorado erzählten, sie sprachen sogar *English*, zum großen Vergnügen der anderen.

Die fünf jungen Hirten emigrieren, um wiederzukehren, sie ziehen fort, um sich später in ihrem Tal erneut niederzulassen, ein riesiger Umweg, die einzige Lösung, die sich ihnen bietet. Sie hegen die Hoffnung, in den Vereinigten Staaten ihre Cousins, Brüder oder Freunde zu treffen, die die Heimat bereits verlassen haben, jene Hirten, die in aller Munde waren, weil sie die Pfade der Pyrenäen gegen unbekannte Berge eingetauscht und sich für zehn, fünfzehn Jahre als *ranchmen* verpflichtet hatten, bis sie stolz und vermögend als »die Amerikaner« in ihre Heimat zurückkehren würden.

Baskische Hirten hatten einen guten Ruf, man lobte sie für ihren Fleiß und ihre Tierliebe. Die in ihrer Heimat besitzlosen Viehhüter entdeckten auf der anderen Seite des großen Ozeans endlose Ebenen, die es zu erschließen und zu bebauen galt. Sie konnten nicht fassen, wie ungeheuer groß hier die Entfernungen waren, der Almabtrieb erstreckte sich über mehrere Monate, der Winter in der Wüste, der Frühling in den Gebirgsregionen auf fast 3000 Metern Höhe. Ein Gehalt von 170 Dollar erschien ihnen äußerst reizvoll, zumal der Dollar damals einen Gegenwert von 350 Franc besaß.

Von den 1930er Jahren bis in die 1960er emigrieren deshalb Hunderte von Hirten und Bauern aus dem Baskenland in die Vereinigten Staaten und bilden eine Diaspora. Alle sprechen weiterhin ihre eigentümliche Sprache, sie sind eine eingeschworene Gemeinschaft, die in den Scheunen Pelote-Partien improvisiert. Einige kehren nicht zurück, andere heiraten, und wieder andere sterben dort in der Fremde. »Ohore zuri euskal artzaina – Ehre dir, o baskischer Schäfer«, wird auf ihren Grabsteinen stehen oder jene Verse von Grégoire Iturria:

Tranpa gorria
Hunarat etorria
Untsa urrikitia
Fitesko hustu behar tokia.

Hergekommen bist du
In eine Falle
Zeige Reue
Und suche rasch das Weite.

Im Zug führen die fünf Hirten, begleitet von Monsieur Monlong, eine lebhafte Unterhaltung. Die drei Männer namens Jean aus Aldudes – Jean-Louis Arambel, Jean-Pierre Aduritz und Jean-Pierre Suquilbide – streiten sich, wie entfernte Verwandte dies eben tun. Die drei Dorfbewohner haben rasch festgestellt, dass sie mit Guillaume Chaurront und Thérèse Etchepare über einen gemeinsamen Cousin verwandt sind. Der Waggon der zweiten Klasse hallt von ihrem Dialekt wider, es ist die Sprache des Pays Quint, das auch Prinz Louis-Lucien Bonaparte in seiner *Karte der sieben baskischen Provinzen* von 1863 verzeichnet hat. Unablässig singen sie die Lieder ihrer Heimat, Jean-Louis stimmt *Au mois d'été, la caille chante dans les blés* an. Die Trauer über die Abreise und das Heimweh werden von der Vorfreude auf das Abenteuer verdrängt, innere Grenzen fallen, je weiter sie sich von zu Hause entfernen, von den neunhundertzwanzig Einwohnern ihres Dorfes, den weißen Giebelhäusern mit ihren braunen Fensterläden und Türen, dem Bach, der mitten durch den Ort fließt. Sie sprechen über Flugzeuge, über das Fliegen, was für ein Abenteuer.

Gare d'Austerlitz, der kleine Trupp entdeckt Paris. Im Hôtel du Terminus stecken sie, den Stadtplan in der Hand, ihre Besichtigungsziele ab. Am Donnerstag, dem 27. Oktober, verewigt Monsieur Monlong in der Spitze des Eiffelturms ihren Besuch. Auf dem Gruppenfoto sieht man, von links nach rechts, die beiden Jean-Pierre, Guillaume und Jean-Louis; in der Mitte sitzt eine zarte Brünette, die direkt ins Objektiv schaut: Thérèse. Auf das Foto hat jemand mit Tinte Ort und Datum in den Pariser Himmel geschrieben.

Auf dem Flugfeld von Orly bleiben die Schäfer eng beisammen, sie nehmen im hinteren Teil der Maschine Platz, setzen ihr Gespräch fort, das sie seit dem Treffen am Bahnhof in Bordeaux nicht unterbrochen haben. Ihre Aufgeregtheit weicht der Angst beim Start; als das Flugzeug schließlich ruhig zwischen zwei Wolkenschichten dahingleitet, entspannen sie sich wieder. Cerdan sitzt nur wenige Meter von ihnen entfernt, sie können es kaum fassen!

9

Windungen

Der Morgen muss enttäuschen.

Arthur Rimbaud, *Das trunkene Schiff*

Der Tag bricht an über den Azoren. Die Schiffe der portugiesischen Behörden hoffen noch immer, Spuren der Constellation zu finden. Acht Flugzeuge steigen von der Startbahn in Santa Maria in den Himmel auf der Suche nach der Maschine F-BAZN. Sie fliegen über die Insel, die Gebirgskette der Serra Verde, den Pico Alto, nehmen das Felsmassiv, das ein Vulkan ausgespuckt hat, genau ins Visier. Santa Maria ist eine winzige Insel, nur ein paar Tausend von der Welt abgeschnittene Schäfer und Fischer leben hier, über ihnen zeichnen an diesem Freitagmorgen, dem 28. Oktober 1949, diagonal verlaufende Kondensationsstreifen die Umrisse eines Unglücks nach. Weiße Schraffuren, gleichsam eine Kartierung des Archipels.

Mehrere Stunden vergehen, die Constellation bleibt unauffindbar, sie ist in einem Azorendreieck verschwunden. Das Suchflugzeug Paulo Gomes entfernt sich aus der von den Behörden vorgeschriebenen Zone und wagt sich weiter nach Norden aufs offene Meer hinaus, in Richtung der Inseln São Miguel und Terceira. Eine Intuition. Auf halber Strecke gewahrt der Pilot Schwaden am Monte Redondo, sie muten an wie ein indianisches Rauchzeichen, steigen spiralförmig am Berghang auf, die Telegraphendrähte sirren:

Vos luttes partent en fumée
Vos luttes font des nuées
Des nuées de scrupules.

Eure Kämpfe steigen in Rauch hinan
In Wolken brechen sie sich Bahn
In Wolken voller Zweifel.

Paulo Gomes nimmt Kurs Richtung Norden und fliegt in 1200 Metern Höhe über den Monte Redondo, kreist um den Gipfel und entdeckt den in Einzelteile zerbrochenen Leib der Constellation, der seitlich am Berghang glimmt. Die Flügel sind ausgerissen, einige hundert Meter tiefer liegen die Trümmer der Motoren. Der Tank verbrennt die letzten Liter Kerosin. Rings um den flügellosen Stelzvogel wälzen sich Gestalten, vielleicht Überlebende.

Vos luttes partent en fumée
Sous les yeux embués
D'étranges libellules.

Eure Kämpfe vergehen im Rauch
Seht die Tränen ihr auch
Der seltsamen Libellen?

Neue Hoffnung flackert auf an Bord des Suchflugzeugs, der Pilot schickt einen Funkspruch an den Tower. Kurz darauf telegraphiert die Aufsichtsbehörde nach Lissabon: »MASCHINE F-BAZN NAHE PIC ALGARVIA NORDOESTL. VON SÃO MIGUEL GEFUNDEN – STOP – LAUT SUCHFLUGZEUG UEBERLEBENDE – FLIEGT ZU ABSTURZSTELLE – STOP.« Am frühen Nachmittag wird diese Nachricht der Air France übermittelt. Während die Boote der Insel nach São Miguel übersetzen, schickt die Fluggesellschaft ebenfalls eine Rettungsmannschaft los.

Vos luttes partent en fumée
Vers des flûtes enchantées
Et de cruelles espérances
Me lancent
Des dagues et des lances
En toute innocence.

Eure Kämpfe vergehen in Rauch
Steigen zu Zauberflöten auf
Wie grausame Hoffnung
Himmelwärts
Bohrt Dolche mir ins Herz
In unschuldigem Schmerz.

10

Ein Unglück kommt selten allein

Eine unglückliche Verkettung von Ereignissen, die sich schließlich aufheben würden.

Georges Perec, *La Vie mode d'emploi (Das Leben Gebrauchsanweisung)*

Manchmal überlagert eine Tragödie eine weitere. Im Juli 1949 kehrte Jenny Brandière nach Frankreich zurück, um ans Krankenbett ihrer Tochter Françoise zu eilen. In Havanna hatte man nicht ahnen können, welches Unglück sich zu Beginn des Sommers in Paris ereignen sollte. Françoise, Jurastudentin an der Sorbonne, wohnte seit Beginn ihres Studiums in der Familienwohnung am Boulevard Malesherbes im VII. Arrondissement, unweit der Avenue de Wagram und der Pfarrei Saint-François-de-Sales. Sie war gerade mal einundzwanzig. Auf der Rückfahrt von Saint-Germain-en-Laye, wo ihre beste Freundin geheiratet hatte, war das Cabriolet ihres Freundes Nicolas, ein Peugeot 203, frontal auf einen Lieferwagen geprallt. Nicolas war auf der Stelle tot, Françoise wurde schwerverletzt ins Hôpital Lariboisière gebracht. Ihre Tante Eugénie war bei ihr, als sie auf der Intensivstation um ihr Leben rang. Sie war mehrmals wegen eines Pneumothorax der rechten Lunge operiert worden. Ein Bein war vollkommen zersplittert.

Jenny war sofort benachrichtigt worden und hatte den ersten Flug von Havanna nach Paris über New York genommen. Bei ihrer Ankunft äußerten sich die Ärzte hinsichtlich der Überlebenschancen nur zurückhaltend. Als sie ihre im Koma liegende Tochter sah, schwor sie sich, sie nach Kuba zurückzuholen. Einige Tage später konnte Françoise die Intensivstation verlassen. Die Operation war erfolgreich verlaufen, ihre Lebensgeister kehrten allmählich wieder. Eine lange, schmerzhafte Rekonvaleszenz, sie erfolgte in Etappen, aus Wortfetzen wurden Sätze, dann eine Unterhaltung, Fragen, Antworten. Sie würde in Zukunft hinken. Im August unternahm sie die ersten Spaziergänge im Innenhof des Krankenhauses. Im September konnte Françoise wieder in die Wohnung am Boulevard Malesherbes einziehen. Es wurde beschlossen, dass sie sich im Jahr darauf nicht mehr an der Universität einschrieb, sondern sich erst vollständig erholen sollte. Ende Oktober reiste sie nach Kuba.

Als sie 1940 aus Frankreich flohen, hatten die Brandières in der Nähe von Havanna ein riesiges Landgut erworben, dazu mehrere Hektar Zuckerrohrfelder. Im Exil wuchs ihr Vermögen, ihre

Felder prosperierten. Françoise hatte dort ihre Jugend verbracht. Während des Zweiten Weltkriegs kam Fulgencio Batista an die Macht, was zum Aufschwung des Handels, indirekt aber auch zum Ausverkauf der Ressourcen des Landes führte. Schon bald war die Hälfte der Plantagen in den Händen der Amerikaner und der Europäer. Kuba war zum Bordell und Kasino der Vereinigten Staaten geworden. Unter dem Regime Lucky Lucianos und seines Erfüllungsgehilfen Meyer Lansky wurde Havanna, ein Staat im Staate, zum Spielball der italoamerikanischen Mafia. Das Hotel Nacional war ihr Hauptsitz. Zu Weihnachten 1946 berief Lucky Luciano, soeben aus der Haft entlassen, das große Treffen der Unterwelt ein. Von den Bretton-Woods-Vereinbarungen zum Mafiasumpf, insgesamt tausend Teilnehmer waren dabei, darunter die Cousins Capone, Charlie, Rocco und Joseph Fischietti, die mit dem Flugzeug gekommen waren und Frank Sinatra im Gepäck hatten. Auf der Tagesordnung: die Kontrolle über die Spielkasinos der Insel, die Liquidierung des überschuldeten Bugsy Siegel, die Schlichtung des Konflikts zwischen den beiden Albert – Anastasia und Genovese –, und als Krönung des Ganzen verkündete Lucky Luciano, »capo di tutti i capi«, seine endgültige Rückkehr nach Italien, nach Neapel. Ein florierendes, korruptes Kuba. 1947 war Fidel Castro noch ein junger Doktor der Jurisprudenz, und revolutionäre Unruhen gab es einstweilen nur in der Dominikanischen Republik, wo es auch zu den ersten Widerstandsbekundungen gegen Diktator Trujillo kam. Im Oktober 1948 heiratete Fidel dann die Schwester des Innenministers, des starken Mannes des Regimes, der ein paar Jahre zuvor den Amerikanern im Streit mit den Franzosen um die Kontrolle der Bananenindustrie recht gegeben hatte.

Auf den Besitzungen der Brandières ist von der kubanischen Revolution noch nichts zu spüren. Am 27. Oktober 1949 werden die Koffer von Jenny und Françoise ins Taxi Richtung Flughafen Orly gepackt, Mutter und Tochter kehren nach Kuba zurück.

11

Algarvia

Begierig nach Guineen, blicken prüfend sie zum Horizont,
Denken nur an eins: das Plündern der Fracht.

Serge Gainsbourg, *Cargo Culte*

Pierre Lazareffs Tageszeitung *France Soir* veröffentlichte bis zu sieben unterschiedliche Ausgaben pro Tag. Der vierten Ausgabe vom 28. Oktober 1949 lag eine Sonderbeilage über die Tragödie auf den Azoren bei, die mit der Schlagzeile »Das Drama der Wartenden« aufmachte:

> *9 Uhr 26. In einem Kommuniqué der Air France heißt es, hinsichtlich des Schicksals der Maschine – an Bord befanden sich Marcel Cerdan und sechsunddreißig weitere Passagiere – bestehe große Ungewissheit.*
>
> *»Es wurden umgehend Suchflugzeuge und Boote losgeschickt. Um 9 Uhr lagen jedoch noch keine Ergebnisse vor.«*
>
> *9 Uhr 50. Ein erstes Detail. Die Constellation funkte ihre letzte Nachricht um 3 Uhr 55, sie setzte gerade zur Landung auf den Azoren an. Seither gibt es kein Lebenszeichen.*

10 Uhr 15. Ein Vertreter der Air France erklärt, der fehlende Funkkontakt zum Flugzeug sei möglicherweise auf technische Schwierigkeiten zurückzuführen. Die Wetterbedingungen wirkten sich negativ auf die Übertragung aus.

10 Uhr 25. Paris steht in ständigem Kontakt zu den portugiesischen Inseln. Mittlerweile steht fest, dass das Flugzeug nicht auf der Insel Santa Maria gelandet ist.

10 Uhr 50. In Orly wird bekannt gegeben, dass das Flugzeug vor den Azoren verschollen ist.

11 Uhr 30. Immer noch keine Spur von der Maschine. Allerdings besteht die – wenngleich schwache – Hoffnung, dass sie auf einer der kleineren Inseln des Archipels gelandet ist. Als die Maschine die Azoren überflog, hatte sie noch Treibstoff für vier weitere Flugstunden. Sie verfügt zudem über Schlauchboote, im Falle einer Notlandung wären Passagiere und Crewmitglieder also nicht rettungslos verloren.

12 Uhr 10. Vom Flughafen Orly kommt die Meldung, das Flugzeug sei nur sieben Minuten vom Flugfeld in Santa Maria entfernt gelandet. Einige Minuten später dementiert Air France diese Meldung.

13 Uhr 13. Ein Schock: Trümmer der Maschine, die auf dem Weg von Paris nach New York war, wurden von einem der Suchflugzeuge am Gipfel des Monte Algarvia auf der Insel

São Miguel entdeckt, in 75 Kilometern Entfernung von Santa Maria.

15 Uhr. Neue Widersprüche: Ein Zeuge will beobachtet haben, wie das Flugzeug in Flammen aufging. Aber es wurden Überlebende gesichtet. Sie hätten dem Piloten des Rettungsflugzeugs Zeichen gegeben.

Während in Orly am frühen Morgen der Flugverkehr wieder aufgenommen wird, erinnern sich Kollegen im Aufenthaltsraum an die auf den Azoren Verschollenen. Die Stewardessen bangen um ihre Freundin Suzanne Roig, eine nette junge Frau, die schon öfter davon gesprochen hatte, ihren Job an den Nagel zu hängen. Die Piloten denken an die Witze, die Charles Wolfer immer machte, und an die Heirat Raymond Redons mit einer jungen Algerierin vor zwei Wochen. Man hofft auf ein Wunder, vielleicht haben sie ja doch überlebt?

Ein Schwarm lauernder Journalisten notiert eifrig jedes noch so kleine Informationshäppchen. Henri, der Barmann des Flughafens, weiß zu berichten: »Das ist unmöglich! Gestern Abend habe ich Marcel noch bedient. Er saß dort in der Ecke der Bar, wo er immer sitzt, und gab Autogramme.«

In der Abflughalle wird ein Passagier aus Lydda in Palästina vorstellig. Da seine Maschine wegen widriger Wetterbedingungen mit Verspätung in

Rom gelandet ist, hat er seinen Anschlussflug mit der Constellation F-BAZN nach New York verpasst. Er ist außer sich, tobt und brüllt, bis er plötzlich sehr still wird. Die Dame am Abfertigungsschalter berichtet ihm, dass es keine Nachricht über den Verbleib des Fluges Paris–New York vom 27. Oktober gebe.

Der Krisenstab der Air France ist seit Mitternacht aktiv. Nach Erhalt des Telegramms aus Portugal mobilisiert die Direktion der Fluggesellschaft ihr eigenes Rettungsflugzeug. Max Hymans, der Präsident, und Didier Daurat, der Betriebschef, ernennen den Inspektor für zivile Luftfahrt, Charles-Henri de Lévis-Mirepoix, zum Leiter dieser Mission. Der Herzog von Lévis-Mirepoix steht General de Gaulle nahe, dessen Militärattaché er in London war, er ist einer jener Aristokraten der Lüfte, ein entfernter Vetter von Kapitän de Boïeldieu aus Jean Renoirs *Die große Illusion*. Er erinnert ein wenig an Pierre Fresnay und trägt auf den Fotos, die ihn in Uniform zeigen, stets weiße Handschuhe. Ein paar Wochen zuvor hat er unter dem Titel *Le Siècle de l'avion* bei Arthème Fayard eine Geschichte der Luftfahrt veröffentlicht.

Gegen Mittag startet die Rettungsmission der Air France, neben Lévis-Mirepoix nehmen Fabre, Fournier, Marion und Genouillac teil, sie werden während des Fluges über den aktuellen Stand der Dinge informiert. Vergeblich versucht ihre

Maschine später auf der Insel São Miguel aufzusetzen, die Landebahn dort ist ungeeignet, man muss auf den Flughafen von Santa Maria ausweichen. Eine ganze Nacht vergeht, bevor die französische Mission den Schauplatz des Dramas erreicht.

Zwei Stunden nach der Entdeckung der Flugzeugtrümmer setzen sich die ersten portugiesischen Rettungsmannschaften vom Hafen Ponta Delgada aus in Bewegung. Ortsansässige Helfer schließen sich an und schlagen die Route nach Algarvia ein, dem Dorf, das sich zu Füßen des Monte Redondo erstreckt. Am frühen Nachmittag erreicht der Suchtrupp den Ort des Flugzeugabsturzes. Achthundert Meter Höhenunterschied sind auf schmalen, schlammigen Pfaden zu bewältigen, dann stoßen sie endlich auf das Wrack. In Gipfelnähe liegt es vor ihnen, die Trümmer brennen noch. Die Blechteile der Karosserie sind im Umkreis verstreut. »Connie« ist nur noch ein Haufen Schrott. Der Rauch vermischt sich mit dem Nebel und bildet eine einzige Wolke, die vom Wind fortgetragen wird. Die Tragflächen haben sich in den Morast gebohrt, die Ruderblätter der Propeller liegen einzeln herum und bilden die letzten Treppenstufen zum Gipfel. Keine Spur von Überlebenden in dieser traurigen Szenerie. Die Rettungskräfte kommen zu der bitteren Erkenntnis, dass die Menschen, die sie aus der Luft in der Nähe des Wracks gesichtet haben, Plünderer aus dem Dorf gewesen sein müssen. Die Koffer und die persönlichen Gegenstände sind verschwunden, offenbar geraubt. In der Nacht hatte eine Explosion die Bauern aus dem Schlaf gerissen. Als sie den Himmel absuchten, bemerkten sie am Gipfel des Berges einen großen Brandherd. Die Unerschrockenen unter ihnen hatten sich noch in der Nacht an die Unglücksstelle vorgewagt.

Der Monte Redondo erhebt sich tausend Meter über dem Meeresspiegel, die Constellation muss direkt auf den Bergkamm geprallt sein. Mit voller Geschwindigkeit ist sie an seinen Hängen entlanggeschrammt. Nur mehr schwarze, verformte Leiber können geborgen werden, die entweder in der Maschine verbrannt sind oder herausgeschleudert wurden. Sofort wird die gesamte Umgebung abgesperrt, und die portugiesische Rettungsmannschaft bettet die Leichen nebeneinander am Boden. Bereits jetzt ist klar: Die Identifizierung der Opfer ist schier unmöglich.

Die sechste Ausgabe von *France Soir* bringt die endgültige Gewissheit:

18 Uhr 07. Laut einem Telegramm aus Santa Maria gibt es keine Überlebenden.

18 Uhr 10. Den Dorfbewohnern aus Algarvia zufolge hat die Maschine Feuer gefangen, nachdem sie direkt auf den Gebirgskamm prallte.

18 Uhr 13. Erste Bestandsaufnahme. Eine riesige Katastrophe. Air France hat soeben mitgeteilt: »Die Rettungsmannschaften sind bei dem Wrack angekommen: Es gibt keine Überlebenden.«

Am selben Abend entkommt Ali Khan, Prinz von Pakistan und Ehemann der Filmschauspielerin Rita Hayworth, einem Flugzeugunglück. Die Maschine muss wenige Minuten nach dem Start auf dem Flugplatz Croydon am Stadtrand von London notlanden. Bei der Landung mit nur einem Motor entsteht kein Schaden. Ali Khan besteigt sofort die nächste Maschine.

12

Die fünftausendste Micky-Maus-Uhr

Wenn ein Zug entgleist, sind es vor allem die Passagiere der ersten Klasse, die mir leidtun.

Salvador Dalí

Am Mittwoch, dem 26. Oktober 1949, am Vorabend seiner Abreise in die Staaten, schickte Kay Kamen einen Brief an seinen engsten Mitarbeiter, den Vizepräsidenten seines Unternehmens, in dem er scherzhaft äußert, er fürchte sich wieder einmal vor dem Flug. Es war bekannt, dass der Unternehmer unter dem litt, was die Mediziner gemeinhin als Aviophobie bezeichnen. Der Absturz von Superga am 4. Mai 1949 hatte in dieser Hinsicht nicht gerade beruhigend auf ihn gewirkt. Oberhalb der Po-Ebene war eine Maschine des Typs Fiat G 212 mit der Basilica della Superga kollidiert, alle Insassen kamen ums Leben, unter ihnen die gesamte Mannschaft des AC Turin – und damit einige der berühmtesten Fußballspieler der Nachkriegszeit, sie hatten ihre Laufbahn gerade mit dem Gewinn des fünften Scudetto gekrönt. Eine Tragödie für die Turiner »Tifosi« und für ganz Italien.

Doch Kamen machte sich eher über sich selbst lustig, als dass ihn die Flugangst tatsächlich bei seiner Arbeit behinderte. Er ließ sich seine Geschäfte niemals von Angst diktieren. Hatte er nicht alles auf eine Karte gesetzt, als er wie im Spielkasino fünfzigtausend Dollar auf den Schreibtisch eines gewissen Walt Disney legte? Er war ein Mann, der im Schatten blieb, aber was für ein Schatten war das! Er galt als der König des Merchandising, der Erfinder eines der wichtigsten Marketinginstrumente des 20. Jahrhunderts: Werbung für Comicfiguren mittels Zusatzprodukten aller Art. Der kleine mürrische Mann, der seine Emotionen hinter großen runden Brillengläsern verbarg und dank seinem wie mit dem Lineal gezogenen Mittelscheitel seriös und zugleich phantasievoll wirkte, er war der gute Geist der Brüder Disney, ihr Rettungsanker, eine Art Jiminy Grille der Zeichentrickstudios.

Seinen Geschäftssinn verdankte Kamen seiner langen Erfahrung. Einen ersten großen Coup landete er mit der Vermarktung von Hal Roachs Serie *Die kleinen Strolche* aus den zwanziger Jahren. Sie erzählt die Geschichte einer Gang mittelloser Kinder aus den amerikanischen Südstaaten, ihr Anführer ist der übergewichtige Spanky, zu ihm gehören der spindeldürre Alfafa, die schöne Darla und Porky, der Jüngste, mit seinem Komplizen Buck, einem kleinen Schwarzen, und Pete, dem Staffordshire Terrier. Das große Verdienst der

Serie war die Natürlichkeit der jungen Darsteller, die sich dadurch von den übertrieben wirkenden Kinderschauspielern jener Zeit unterschieden. Kay Kamen entwickelte für *Die kleinen Strolche* die Grundzüge einer Marketingstrategie, die ihren Höhepunkt ein paar Jahre später in der Vermarktung der Disney-Figuren fand. Er hatte sich den Erfolg der kurzen Filmstreifen bestmöglich zunutze gemacht. Die zahlreichen davon abgeleiteten Produkte reichten von kleinen Figuren, Federmäppchen, Schulranzen, Comics und Zeitschriften bis hin zu »Spanky Candys« und »Kleine Strolche«-Kaugummis. Dass sich die Kinder und Jugendlichen so sehr mit Roachs Schlingeln identifizierten, erwies sich als veritable Notenpresse.

Wie zahlreiche Amerikaner verlor allerdings auch Kay fast sein gesamtes Vermögen während der Finanzkrise von 1929. Er musste sich wieder als schlichter Verkäufer in New York verdingen, und in diese Zeit fällt sein großes Interesse für die ersten Schöpfungen aus den Disney-Studios. Ein Jahr zuvor hatte Walt Disney auf einer Zugfahrt von New York nach Los Angeles eine Maus mit großen Ohren entworfen, die zunächst Mortimer Mouse, dann Mickey Mouse hieß. Sie wurde zum Wahrzeichen der Studios und zusammen mit Minnie und Kater Karlo am 18. November 1929 im Colony Theatre am Broadway der Öffentlichkeit vorgestellt – bei der Vorpremiere von *Steamboat Willie*, dem ersten Zeichentrickfilm mit

Tonspur. Sieben Minuten, in denen eine Maus mit großen Ohren eine andere, Minnie, mithilfe eines Krans am Höschen packt und auf ein Schiff verlädt, außerdem eine Katze am Schwanz herumschleudert, eine Gans würgt und drei kleine Schweinchen an den Zitzen ihrer Mutter in ein raffiniertes Klavier verwandelt. Neue Figuren tauchen auf, der Hund Pluto, dann Donald Duck. Micky wurde als Topolino nach Italien exportiert, als Miki Kuchi nach Japan. Technicolor revolutionierte die Welt des Zeichentrickfilms, und Walt Disney sicherte sich für zwei Jahre die exklusiven Nutzungsrechte. 1932 erhielt *Silly Symphonies* den Oscar in der Kategorie »Bester Kurztrickfilm« und Walt Disney einen Ehren-Oscar für die Erfindung von *Mickey Mouse*. In der Folge wurden die Disney-Studios, so defizitär sie auch sein mochten, zum Symbol für den Aufschwung der Unterhaltungsindustrie. Und die Begegnung mit Kay Kamen machte aus dem Studio dann tatsächlich ein Imperium.

Im Juli 1932, als Kamen bei den Brüdern Disney vorstellig wurde, setzte er alles auf eine Karte. Der größte Bluff seiner Karriere, ein völlig wahnsinniger Vertrag: Kamen garantierte Disney 50 000 Dollar Einnahmen pro Jahr, ohne dass die Studios einen einzigen Cent ausgeben müssten, als Gegenleistung forderte er die Hälfte der künftigen Erlöse aus dem Merchandising. Ein Vorschlag, den Disney nicht ablehnen konnte.

Kamen kündigte zu diesem Zweck seine Lebensversicherung und nahm eine Hypothek auf sein Haus auf, und als er den Betrag bar ausgezahlt bekommen hatte, sprang er in den ersten Zug nach Hollywood, ohne eine Fahrkarte zu lösen. Vier Tage dauerte die Fahrt, und unterwegs ging er immer wieder seine Strategie durch, hatte Zeit, sich bis zur Erschöpfung vorzustellen, wie seine Gesprächspartner möglicherweise reagierten, wie er sein Angebot so zwingend formulieren könnte, dass sie außerstande waren abzulehnen. Der garantierte wirtschaftliche Erfolg konnte nicht darüber hinwegtäuschen, dass das Ganze ein gewagtes Spiel war. Das wusste Kamen. Doch er versuchte die Angst, die er dabei empfand, um jeden Preis zu verbergen. Die Verträge waren sorgfältig ausgearbeitet worden, sie sicherten die Studios im Ausgleich für die Exklusivrechte an den Merchandising-Produkten gegen jedwedes Risiko ab. Da er keinen Termin hatte, musste Kay an mehreren Tagen lange Wartezeiten im Sekretariat über sich ergehen lassen, bis ihm endlich die Tür zum Allerheiligsten aufgetan wurde: Am 1. Juli war es so weit, er stellte sich im Büro der Brüder Disney vor, seine Zukunft zwischen zwei Aktendeckeln unterm Arm. Nach dem Austausch der üblichen Höflichkeitsfloskeln setzte er zum Überraschungsangriff an, und noch während er seinen Plan darlegte, zog er den Vertrag und die fünfzigtausend Dollar in bar hervor. Ein paar

Minuten später unterzeichneten die drei Männer den Vertrag und stießen auf ihre geschäftliche Verbindung an.

Nachdem sie nun die exklusiven Nutzungsrechte besaß, fasste die Kay Kamen Company alle bestehenden Lizenzverträge neu und begann mit der Vermarktung der Merchandising-Artikel. Der Einsatz hatte sich gelohnt, denn bereits zu Weihnachten 1932 konnte Kay Kamen zum großen Erstaunen seiner Partner zweieinhalb Millionen Dollar an Lizenzgebühren einstreichen. Ein rauschender Erfolg, der sich in der Hauptsache dem Micky-Maus-Eis verdankte, das im August auf den Markt gekommen war. Am Ende des Sommers lagen die Verkaufszahlen bei zehn Millionen Waffelhörnchen! Der Überraschungscoup erwies sich als Meisterleistung, »Citizen Kay« ließ grüßen. Im selben Sommer zerstörte ein Brand am Boardwalk und der Surf Avenue Coney Island. Ungläubig standen Tausende von Schaulustigen am Strand, schleckten an ihrem Micky-Maus-Eis, während sie auf die Katastrophe starrten, die kleine Jungs mit Zündhölzern verursacht hatten.

»MicKay Kamen«, wie Walt Disney ihn nannte, machte keine halben Sachen, und so wurde auf sein Betreiben 1933 auch noch das *Mickey Mouse Magazine* herausgebracht. Das von Milchproduzenten subventionierte Monatsheft wurde in Kinos und Kaufhäusern vertrieben und erwies sich als wahres Werbewunder. Was Kamen berührte, wurde zu Gold. Als die Große Depression Millionen Amerikaner auf die Straßen trieb, erfand er den lukrativsten Deal in der Geschichte der Walt-Disney-Studios überhaupt: die Micky-Maus-Uhr. Der Geschäftsmann selbst fertigte die Skizze für den ersten Prototyp an, die Maus, die im Zentrum des Zifferblatts steht und mit behandschuhten Händen die Minuten und Stunden anzeigt. Darunter, in einem kleinen Kreis, fungierten drei Mäuse als Stoppuhr. Die Idee wurde an den Uhrenfabrikanten Ingersoll-Waterbury Clock Company verkauft, der von der Krise schwer getroffen worden war und nun, 1933, kurz vor der Insolvenz stand. Die Micky-Maus-Uhr rettete das Unternehmen. Es wurde ein beispielloser Erfolg. Im ersten Jahr verkaufte das Kaufhaus Macy's in New York elftausend Uhren. 1935 waren bereits zwei Millionen fünfhunderttausend Uhren in Umlauf gebracht worden, und Ingersoll überwies Disney an die zweihundertfünfzigtausend Dollar Tantiemen – es war Kamens Antwort auf Präsident Herbert Hoover, der jedem Haushalt ein Brathähnchen versprochen hatte. Fortan machte er es sich gewissermaßen zu seiner Aufgabe, in Bedrängnis geratene Unternehmen zu retten, so etwa die Lionel Corporation, zu deren Wiederauferstehung er mit dem Verkauf von Disney-Zügen zu einem Dollar das Stück beitrug. Dass der clevere Geschäftsmann seine Kataloge immer just zur Ferienzeit herausbrachte, half ebenfalls bei der exponentiellen Zunahme seines Umsatzes mit. Kay Kamen machte vor nichts halt, schlachtete sogar *Die drei kleinen Schweinchen*, Bestseller des Jahres 1934, werbemäßig aus. Die Kay Kamen Company wuchs und gedieh, der Geschäftsmann erweiterte sein Modell. Er profitierte vom weltweiten Erfolg von *Schneewittchen und die sieben Zwerge* und ließ seinen Katalog in neunzehn Sprachen übersetzen – ein geringfügiger Einsatz im Vergleich zu den Profiten aus den Lizenzrechten für Spielzeug, bedruckte Kleidungsstücke und geformte Schokolade, die ein paar Monate später die Kasse klingeln ließen. 1938 beliefen sich allein die Tantiemen für den Zwerg Seppl auf mehrere hundert Millionen Dollar.

Erst der Ausbruch des Zweiten Weltkriegs stoppte den Aufstieg der Firma Disney. Daraufhin baute das Unternehmen seine Popularität aus, indem es zu den allgemeinen Kriegsanstrengungen beitrug. Am 14. Juli 1942 zeigten die Studios in Zusammenarbeit mit der Lockheed Aircraft Corporation – also jener Firma, die auch die Constellation produzieren sollte –, erstmals einen Trickfilm über die Methoden des Vernietens beim Flugzeugbau, eine Art Bauanleitung unter dem Titel *Four Methods of Flush Riveting*, gedacht für die von der amerikanischen Regierung angestellten Arbeitnehmer. Während der gesamten Kriegszeit schufen die nunmehr zu patriotischen Zwecken verpflichteten Zeichner Kurzfilme zur

Instruktion der Regimenter, vom Gebrauch der Waffen bis hin zu Militärstrategien – aber auch Propagandafilme wie *Der Fuehrer's Face* oder *Victory Through Air Power*. Ein den Umständen geschuldeter Einsatz fürs Vaterland und eine eigentümliche Volte des Schicksals für die Disney Studios, deren Produktionen von Diktatoren heiß geliebt wurden: Hitler soll *Schneewittchen* als Meisterwerk bezeichnet haben. Zum Zeichen der Bewunderung fertigte er selbst Reproduktionen der sieben Zwerge und von Pinocchio an. Und hatte nicht Mussolini 1935 Walt Disney in die Villa Torlonia eingeladen, um mit ihm über die *Drei kleinen Schweinchen* und *Mickey Mouse* zu diskutieren?

Nach dem Krieg zeichnete sich erneut der unaufhaltsame Aufstieg der Disney-Studios ab und damit zugleich der Firma Kay Kamens. 1947 erzielte die Walt Disney Company allein durch den Verkauf von Merchandising-Artikeln Einnahmen von 1 048 522 Dollar. Walt ließ keine Gelegenheit aus, sich zu seinem Partner zu beglückwünschen, und pries die Treue und den Ideenreichtum von Kay Kamen. 1949 fand eine große Party statt, um die fünfmillionste verkaufte Micky-Maus-Uhr zu feiern. Dennoch hegten die Disney-Brüder den heimlichen Wunsch, sich allmählich der Kay Kamen Company zu entledigen. Einige Wochen vor dem Schicksalsflug am 27. Oktober sah Kamen plötzlich seine Vertragsverlängerung infrage gestellt, die er für garantiert gehalten hatte. Kamens Aktionsradius sollte in Zukunft auf den amerikanischen Markt beschränkt werden, und während der langwierigen Verhandlungen bekam er immer stärker das Gefühl, von denjenigen verraten worden zu sein, denen er so oft aus der Patsche geholfen hatte.

Als Kay im Oktober 1949 zusammen mit seiner Frau Ketty nach Paris fliegt, um dort die Merchandising-Artikel zu dem Film *Cinderella* zu promoten, sind die neuen Verträge noch nicht unterzeichnet. Die Verhandlungen sollen gleich nach seiner Rückkehr wieder aufgenommen und unbedingt vor Jahresbeginn 1950 zum Abschluss gebracht werden.

Das Schicksal bestimmt es anders. Wenige Wochen nach dem Flugunglück beschließen die Studios die Gründung einer firmeneigenen Merchandising-Abteilung, der Disney Consumer Products.

Bei einem von Warner ausgerichteten Dinner schlägt Walt Disney Salvador Dalí einen Kurzfilm in Anlehnung an *Fantasia* mit dem Titel *Destino* vor. Die Geschichte der Liebe von Chronos, dem Gott der Zeit, zu einer Sterblichen, die Walt Disney in einem Satz zusammenfasst: »A simple story about a young girl in search of true love.« Dalí findet Gefallen an dem Vorschlag, er sieht darin eine Möglichkeit, das Universum seiner Ölgemälde lebendig werden zu lassen, das Labyrinth der Zeit in Bewegung zu versetzen, wie er schreibt. Fast acht Monate lang begibt sich der Maler in die Disney-Studios und entwirft mit Unterstützung des Zeichners John Hench das Skript zu dem Kurzfilm. Schließlich wird das Projekt aufgegeben. Zu kostspielig und zu rätselhaft. Erhalten geblieben sind ein paar Skizzen, ein Storyboard, in dem sich eine Frau zu andalusischer Musik in Gemälden Dalís bewegt, in endlosen Wüsteneien, die von surrealen Göttern bevölkert sind und in denen schmelzende Uhren liegen. Vielleicht ein Hinweis auf eine der fünf Millionen Micky-Maus-Uhren, die, zerbrochen und zu heißem Blech geronnen, zwischen den Trümmern einer Constellation liegt, gleichsam als ständige Mahnung an die Endlichkeit allen Seins.

13

An den Hängen des Monte Redondo

Wie ein wüst hingeschütteter Misthaufen
ist die schönste, vollkommenste Welt.

Heraklit, *Fragmente*

Im Morgengrauen besteigt die Mannschaft von Lévis-Mirepoix ein Kleinflugzeug, das von Santa Maria nach Ponta Delgada fliegt. Die portugiesischen Behörden haben die Anweisung erteilt, dass kein Wrackteil der Constellation angerührt werden darf, bevor nicht die Abordnung aus Frankreich am Unglücksort eingetroffen ist. Drei Stunden später sammelt sich der Trupp am Fuß des Monte Redondo, bei strömendem Regen stapfen die Männer in Begleitung des britischen und des amerikanischen Konsuls auf schlammigen Pfaden den Berg hinauf. Nach einem mehrstündigen Marsch erreichen sie schließlich die Absturzstelle und stoßen auf die Rettungsmannschaften, die bereits am Vortag ausgesandt worden waren. Eine verwüstete, in dichte Nebelschwaden gehüllte Fläche von fast 25 Hektar liegt vor ihnen. Die Flammen haben die in alle Winde zerstreuten Trümmer verzehrt, und abgesehen von fünf mehr oder minder kenntlichen Leichen scheint es unmöglich, anhand der zwischen Felsbrocken verstreuten Körperteile die Opfer des Flugzeugabsturzes zu identifizieren. Die Maschine ist in mehrere Teile zerbrochen, ihr Duraluminium-Leib verdreht und vom Feuer zerfressen, sie hat nichts mehr von ihrem ursprünglichen Glanz. Ein Teil des Rumpfes hat sich in den Boden gefräst, das Dach ist zerfetzt – eine schaurige Aufsicht, die das Innenleben der F-BAZN freilegt. Ein Dutzend Passagiere sind noch auf den Sitzen festgeschnallt. Das spitz zulaufende Heck ragt wie eine Siegesgöttin hoch über dem Archipel auf. Ein Stück weiter, am Abhang, scheint es, als schwebe die Pilotenkabine zwischen den Felsen. Im Inneren erkennt man anhand der Uniformen das Flugpersonal, doch nur das Gesicht des dritten Piloten, Camille Fidency, ist unversehrt. Der junge Mann mutet an wie ein Abguss aus Pompeji, schützend hält er den Arm vor die Stirn, um die drohende Katastrophe nicht ansehen zu müssen.

Nach kräftezehrenden Stunden entdeckt der Suchtrupp in der Nähe des Leichnams einer jungen Frau, deren karmesinrotes Kleid an den Ärmelausschnitten verkohlt ist, einen offenen Geigenkasten mit einem zersplitterten Streichinstrument. Sie denken sofort an die Violinistin Ginette Neveu, aber nur die unmittelbare Nähe von Leichnam und Instrumentenkasten legt diesen Schluss nahe. In wenigen Metern Entfernung findet sich in einer Zellophanhülle die Visitenkarte von Jo Longman, dem Boxmanager Marcel Cerdans, doch ob einer der Toten in der Umgebung ihr Besitzer war, lässt sich nicht sagen. Die französischen Ermittler beugen sich mit ihrer Rolleiflex über die traurigen Überreste, im Sucher erscheint der beschädigte Schriftzug *Constel*, das wie eine Ziehharmonika zusammengefaltete Blech zu ihren Füßen erinnert an ein eingestürztes Kartenhaus. Die Hänge des Redondo sind mit Schmuckstücken behangen, mit Banknoten, aufgeschlitzten Koffern, die ihre Eingeweide ausgespien haben, sowie weiteren herrenlosen Habseligkeiten, die von den Plünderern übersehen wurden. Im Gestrüpp eine Brieftasche aus rotbraunem Leder, Eigentum eines amerikanischen Staatsbürgers, John Abbott. Hier ein Fetzen grüner Stoff, dort das Kleid, es bedeckt die verletzten Beine eines weiteren leblosen Körpers. Ein Dompfaff pickt an den Sporen des Farnkrauts und ein Stück entfernt, am Felsen, auf jadegrünes Moos gebettet, ein Arm.

Eine beunruhigende Schönheit erwächst aus diesem Chaos. Die überall verstreuten Monaden ordnen sich zu einem auf den ersten Blick verwirrenden pointillistischen Bild, ordnen es neu und neu, zerstören es wieder. Um die Harmonie des göttlichen Bauplans zu beweisen, bediente sich Leibniz der Metapher eines Gemäldes. Stellen Sie sich vor, sagt der Philosoph, Sie hätten ein wunderbares Gemälde vor sich, das von einem dichten Schleier bedeckt ist, so dass Sie nur einen winzigen Teil davon zu sehen bekämen, dieses Teilchen erschiene Ihnen ohne Zweifel wie ein unförmiger Farbfleck, ein absurder, zufällig auf die Leinwand hingeworfener Klecks; nähmen Sie jedoch den Schleier weg, so enthüllte sich Ihnen auf einmal die Geschicklichkeit des Künstlers. Der Fleck wirkt nur, isoliert betrachtet, hässlich, diese Hässlichkeit hat nichts Objektives an sich, sie ist der Effekt eines beschränkten Blickwinkels und verschwindet, sobald man den Teil in Bezug zum Ganzen setzt. Das Chaos ist in Stufen angelegt, und aus Sicht des Menschen verbirgt der in Rauch gehüllte Berg wie auch der dichte Schleier der Theodizee die Perspektive eines göttlichen Plans.

Die Hilfsmannschaften setzen ihr Puzzlespiel fort. Von dem aerodynamischen glänzenden Flugkörper ist nur noch ein Haufen Blech übrig. Der Geruch nach feuchtem, verbranntem Gummi steigt dampfend in den Nieselregen auf, winzige Rußflöckchen lösen sich von den rauchenden Trümmern und legen sich auf die Kleidung der Retter. Kleine, zunächst übersehene Gegenstände ermöglichen es nun, den entstellten Toten einen Namen zu geben. Bis Einbruch der Dunkelheit sind vierzig Opfer identifiziert. Unter den verstreuten Puzzleteilen verrät eine Uhr am Handgelenk ihres Besitzers die Identität eines Leichnams. Ein M und ein C sind auf der Rückseite eingraviert – Marcel Cerdan! Die Zeiger sind auf 8 Uhr 50 stehen geblieben, als hätten sie sich noch sechs Stunden weitergedreht, trotz der Heftigkeit des Aufpralls. Doch der Grund dafür ist ein anderer, sie zeigen sehr wohl den Zeitpunkt des Crashs an, aber nach amerikanischer Zeit. *Amerikanische Nacht.* Er wollte seinem Schicksal zuvorkommen. Der Boxer trug nicht nur eine, sondern zwei Uhren, eine mit Pariser Zeit und eine, die auf New Yorker Zeit eingestellt ist, eine Reflet von Boucheron. Ein Geschenk von Édith Piaf, ein Glücksbringer.

Man deckt die sterblichen Überreste der Opfer mit Zeltplanen ab, der Leichenzug kann sich in Bewegung setzen. Die Hilfskräfte geraten ins Schwanken, rutschen auf dem morastigen Boden aus, die Rückführung der Toten gerät zu einem langen Kreuzweg. Die Sturmlaternen werfen ihr fahles Licht auf den Tross. Nach einer letzten Etappe, die durch einen Sicheltannenwald führt, öffnet sich vor ihnen der Talgrund mit dem Dorf Algarvia. Die Leichname werden in der kleinen Kirche in der Ortsmitte aufgebahrt und nebeneinander auf die Steinfliesen gelegt. Wenn man sie identifizieren konnte, werden sie in weiße Holzsärge gehoben, die verplombt werden. Im Frühling leuchtet die Barockfassade des *Império* in kräftigen Farben. Nun ertasten die Scheinwerfer den blassen Anstrich für das Allerheiligenfest.

Eine erste Totenwache wird organisiert. Im Kirchenschiff, im matten Schein der Kerzen und Laternen, ziehen die Dorfbewohner an den Opfern vorbei und murmeln unablässig das Vaterunser. Die portugiesischen Gebete der Hirten und ihrer Frauen nehmen die Form eines langen Lamentos an: »*Dai-Lhes Senhor o eterno descanso – Gib ihnen ewige Ruhe, o Herr.*«

14

Aristas Prophezeiung

Ich weiß seither
Man stirbt aus Zufall
Indem man einen größeren Schritt macht.

Jacques Brel, *La ville s'endormait*

Die Kleine hatte angerufen. Ohne Marcel verging sie in New York vor Langeweile und Kummer. Sie hatte ihn am Telefon angefleht, früher zu kommen, sie halte es nicht mehr aus. Wozu sollte er sie also schmachten lassen, da doch nichts einfacher war, als das Programm ein wenig abzuändern und die gemütliche Schiffsreise gegen einen Flug mit der Constellation einzutauschen? Jo Longman hatte vergeblich protestiert, wenig später schon saßen sie in ihrem blauen Pontiac auf dem Weg zum Flughafen. Natürlich hatte Jo dafür sorgen dürfen, dass sie so kurzfristig noch drei Plätze an Bord der F-BAZN bekamen. Trotz der überstürzten Abreise hatte Marcel darauf bestanden, dass sie bei der Ambassade des Opéras in der Rue Sainte-Anne haltmachten, um den »Mädels«, Mado und Irène, einen Abschiedskuss zu geben und Jacquot, dem Barmann, und Néné Lebewohl zu sagen.

Erst am Vortag waren sie wegen eines Schaukampfes im Cirque municipal nach Troyes gefahren. Cerdan hatte Valère Benedetto, dem aus Aix stammenden Nachwuchstalent des französischen Boxsports, drei Runden versprochen. Er hielt Wort, und mit ihm machte sich die gesamte Pariser Sportwelt auf in die Provinz. Alle wollten Cerdan im Ring sehen, zum letzten Mal vor dem großen Kampf gegen Jake LaMotta. Im Restaurant Au Vins du Bourgogne verkündete er mit seiner hellen Stimme: »Ich will ihn schlagen und mir den Titel zurückholen, und ich werde ihn auch schlagen!« Eine Kinderstimme, hoch und unsicher, die in einem eklatanten Widerspruch zu seinen breiten Schultern und seiner außergewöhnlichen Karriere stand. Eine seltsame Parallele zu Blaise Cendrars, dem Haudegen mit der Countertenorstimme.

Seit seinem Sieg spielte Jake LaMotta Katz und Maus. Zunächst hatte er das Revanche-Match, angesetzt für den 28. September, wegen einer angeblichen Verletzung an der rechten Schulter abgesagt. Erst nach langen Verhandlungen war es Jo Longman gelungen, LaMottas Impresario ein neues Datum abzuringen, den 2. Dezember 1949 im Madison Square Garden. Marcel stellte sich bereits vor, wie er seinen Gegner mit Fausthieben bis zur Bewusstlosigkeit traktierte, ihm die Beleidigung mit einem Feuerwerk aus Uppercuts und Geraden heimzahlte. Sobald der Gong ertönte, würde er aus seiner Ecke springen, sich auf LaMotta stürzen und ihn zu Boden zwingen. Nicht den Schatten eines Zweifels gab es. Die berühmtesten Stierkämpfer werden in ihren Träumen von den Stieren heimgesucht, gegen die sie gekämpft haben. Verrückt gewordene Toreros wachen mitten in der Nacht auf, weil sie Besuch von einem weißen Stier gehabt hätten, sagen sie. Mit Waffen in Händen, so will es die Legende, wurden andere im Halbschlaf aufgefunden, wie sie halb mutig, halb furchtsam das Tier herbeiriefen, das ihnen in der Ecke auflauerte. Nächtlicher Schrecken, dunkle Vorahnungen. Marcel träumte schon mehrfach von seiner Revanche: In einem Ring, der inmitten einer antiken Arena steht, beäugt ihn LaMotta, taxiert ihn, tänzelt, stichelt. Runde um Runde geht vorüber, doch Marcel findet keinen Einstieg, die maliziösen Manöver des »Raging Bull« lassen ihn schwindlig werden und erschöpfen ihn. Dann, in der fünften Runde – immer in der fünften Runde! –, kommt er in Schwung, bringt den Rhythmus seines Gegners durcheinander, stört seine Beinarbeit, nimmt ihn in den Schwitzkasten. Eine perfekte Gerade mit der Rechten bringt seinen Gegner ins Taumeln, zwei weitere Geraden setzen die Deckung außer Gefecht, dann macht er zwei Schritte nach rechts und platziert einen sauberen Uppercut, der den anderen zu Boden gehen lässt. LaMotta liegt da und steht nicht mehr auf. Dem Training am nächsten Tag fügte Marcel in Gedanken diese kathartische Übung im Schattenboxen hinzu.

Doch LaMotta, das war nur das eine. Das andere war, dass Édith einfach keine Geduld hatte. Das Boxen hat seine bisweilen nicht leicht nachzuvollziehenden Regeln, aber wenn es einen K.o. gibt, dann werden die Fäuste hochgerissen, und damit hat es sich. Seit er mit Édith Piaf zusammen ist, sieht er sich gezwungen, zu lügen, Versprechungen zu machen, die er nicht halten kann, einen Schritt vor, einen zurück, die eine schonen, die andere besänftigen – dieses Spiel übersteigt seine Kräfte. Im Juli war er gerade im Trainingslager von Loch Sheldrake vor den Toren New Yorks und bereitete sich auf das im Herbst angesetzte Match vor, während Édith, auf Nordafrika-Tournee, drei Abende in Casablanca auftrat. Er schwitzte Blut und Wasser, ob sie wohl wieder für einen Skandal sorgen würde. Am 23. Juli erreichte ihn ein Brief der Geliebten, die Zeilen stimmten ihn nicht gerade zuversichtlich, sie forderte eine Entscheidung von ihm:

Liebster,

nun habe ich also mein Debüt in Casa gegeben. Die Presse hat mir ganz schön wehgetan. Es fing schon damit an, dass nicht alle reingekommen sind, außerdem habe ich nur vierzehn Lieder gesungen. Sie fanden, das sei zu wenig, ich dachte wirklich, gleich stürzt das Miami ein, so sehr trampelten sie mit den Füßen. Dein Bruder Armand war mit seiner Frau da. Und nur damit Du Bescheid weißt, sie sagte zu mir: »Ich mag Sie sehr, und ich hätte nicht gedacht, dass Sie so hübsch sind!« Na, das wird Deine Frau aber freuen, wenn sie ihr das erzählt. Die Zeitungen haben auch geschrieben, ich sei hübsch, Dein Pech. Aber ich bin so stolz, stolz für Dich, mein Liebster, ich möchte die Schönste von allen sein, die Vollkommenste, damit Du nie aufhörst, mich zu lieben. Aus diesem Grund will ich immer schöner und ein besserer Mensch werden. Du bist so perfekt, und ich möchte Dir so gerne ähnlich sein.

Ich habe erfahren, dass Du Dir für zehn Millionen eine Villa in Casa bauen lassen willst und hier immer heimischer wirst. Siehst Du, das ist es, was mir so zusetzt und was ich nicht begreife. Hör zu, ich erkläre Dir jetzt etwas, was Dir vielleicht die Augen öffnen wird. Du weißt, dass ich mich nie in diese Sache eingemischt habe, aber diesmal muss ich meine Stimme erheben, zumal alle auf mich zukommen und mir sagen, wenn mir an Dir etwas liege, solle ich Dir die Augen öffnen, Dich warnen. Chéri, Du musst eine Entscheidung treffen, Deinen Kindern zuliebe, aber auch für Dich selbst. Du bist ihr Vater, Du musst Dich für sie einsetzen. Du bist es Dir schuldig, nach dem Kampf im September ernst-

hafte Maßnahmen für sie zu ergreifen. Ich werde Dir etwas Realistisches vorschlagen, das Dir und Deinen Kindern nur zum Besten gereicht. Und ich werde Dir damit auf die Nerven fallen, bis Du etwas unternimmst. Du wirst verblüfft sein, was ich Dir alles vorschlagen möchte. Immerhin weiß ich jetzt, weshalb Gott mich mit Dir zusammengebracht hat, er hätte mir niemals gestattet, eine Dummheit zu begehen, und daher sind die Zufälle, die uns immer so in Erstaunen versetzen, gar keine Zufälle, in unserem Fall sind sie Zeichen des Himmels. Ich bin sicher: LaMotta ist ein Zeichen Gottes, dass ich immer in Deiner Nähe bleiben soll. Jedes Mal, wenn wir getrennt sind, stößt Dir etwas Schlimmes zu. Denk an Delannoit und LaMotta, an Zale, Turpin, Roach, die hast Du alle auf ein und dieselbe Weise k. o. geschlagen. Ich bin mittlerweile überzeugt, dass Gott will, dass ich bei Dir bleibe, so überzeugt, wie ich weiß, dass ich lebe. Und dann werde ich Dir noch anderes erzählen, so Verblüffendes, dass es mir beim bloßen Gedanken daran kalt den Rücken hinunterläuft! Ich liebe Dich, und meine Liebe ist so stark, dass sie Dich beschützen wird!

[…] Ich bin so froh, Dich so sehr zu lieben. Noch zwölf Tage, dann kann ich Dich endlich wieder nach Herzenslust berühren und in die Arme schließen.

Deine ganz ganz Kleine

Im August, als sie erst an der Côte d'Azur, dann auf dem Passagierdampfer *Île-de-France* waren, hatte er ihr versprochen, nach seinem Sieg eine Entscheidung zu treffen. Er würde seine Karriere an den Nagel hängen, um Zeit zum Nachdenken zu haben. Um neuen Anlauf zu nehmen. Kaum hatte er diese Neuigkeit verkündet, war das Match verschoben worden.

Marcel Cerdan hielt sich unweit von Casablanca bei seiner Familie auf und schlug die Zeit tot. Er war LaMottas Launen ausgeliefert. Umgeben von Marinette, den drei Kindern, seinem Bruder Armand und dem Neffen René, seinem Sparringspartner mittlerweile, pendelte er hin und her zwischen dem Landgut bei Sidi Maârouf, der in Bau befindlichen Villa in Anfa und dem Boxstudio, wo er sein Trainingsprogramm absolvierte. Manisch bearbeitete er den Sandsack. Tschack, tschack, tschack. Härter, rechts, links, schlag zu, tschung, tschung, tschung. Beim Seilspringen berührte die Schnur das Parkett, schlack, schlack, schlack.

Dass ihn ein aus dem Nichts aufgetauchter Außenseiter – noch dazu aus dem Stall eines Mafia-Paten – bezwungen hatte, machte ihm schwer zu schaffen. Eine bittere Niederlage gegen den Zehnten im Mittelgewicht, aber die zumindest zweifelhaften Umstände des Matchs hatten einen Sieg unmöglich gemacht. Der Kampf am 16. Juni 1949 im Briggs Stadium von Detroit war eine halbe Stunde vorverlegt worden, und so hatte Marcel nicht sein übliches Aufwärmtraining im Ring durchziehen können. Während der ersten Runde hatte er sich bei einem Sturz die rechte Schulter ausgerenkt und war den epileptisch zuckenden Schlägen des »Bullen aus der Bronx« hilflos ausgesetzt gewesen. Er hatte sich zusammengerissen, doch LaMotta hämmerte dermaßen wild auf ihn ein, dass der Schmerz unerträglich wurde. Auf Drängen seiner Männer in der Ecke des Rings gab er in der elften Runde auf.

Er wusste, dass er eigentlich unschlagbar war.

Als er nun, im Oktober 1949, in die Vereinigten Staaten aufbricht, ist er in Bestform. »Die Frage nach einer Niederlage stellt sich nicht. Ich soll LaMotta schlagen, und ich werde ihn schlagen. Ich werde perfekt sein am 2. Dezember. Glauben Sie mir, ich werde mit der Krone im Mittelgewicht nach Frankreich zurückkehren, und sie wird verdammt fest sitzen«, erklärt er einem Journalisten von *France Soir*.

Marcel trägt den blauen Anzug, der ihm immer Glück bringt. Der dicke graue Tweedmantel, den er darübergezogen hat, lässt ihn noch riesenhafter wirken. Abergläubisch, wie er ist, hält der Boxer streng an seinen Gewohnheiten fest, sowohl innerhalb als auch außerhalb des Rings. Seine Niederlage in Detroit schiebt er übrigens auf jene Abweichung von der üblichen Routine. Kein Zweifel, wenn die offiziellen Rahmenbedingungen eingehalten worden wären und er seinen Körper wie gewohnt hätte aufwärmen können, dann hätte seine Schulter den Schlag ausgehalten, und es ginge heute nicht um eine Revanche, sondern um einen Titel, der verteidigt werden müsste.

Sportler messen diesen Details eine außerordentliche Bedeutung bei, sie versuchen das Unvorhergesehene mit einer Reihe erklärender Ursachen einzugrenzen. Wenn man das Schicksal schon nicht in den Griff bekommt, so will man sich doch wenigstens durch vorbereitende Maßnahmen im Vorfeld wappnen. Man kann in den Ritualen vor einem Match durchaus Parallelen zu tausendjährigen liturgischen Gebräuchen sehen, die sich zum Dogma verfestigt haben. Wer zum Champion erwählt ist, darf niemals mit der selbst auferlegten Religion brechen. Daher trägt Marcel seit seinen ersten Kämpfen in Levallois eine kurze blaue Hose mit weißem Streifen, die seine Mutter für ihn angefertigt und in die sie eine kleine Münze mit dem Jesuskind eingenäht hat. Und nur eine perfekt angelegte Bandage garantiert den Sieg.

Trotz all seiner abergläubischen Überzeugungen scherte sich Marcel Cerdan nicht um die Prophezeiung Aristas. Der berühmte Handleser war ihm Anfang Oktober bei Paul Genser in der Rue d'Orsel begegnet. Amüsiert hatte sich Marcel auf das Spielchen eingelassen. Er hatte seine großen Hände umgedreht und dem Seher die tiefen Linien seiner Handflächen präsentiert. Kartographie eines Lebens, ablesbar an den Furchen in der Haut, deren Verzweigungen und Verästelungen von Glücks-, Lebens-, Herz-, Kopf- und Schicksalslinie das Walten des Schicksals enthüllen. Arista hielt am Saturnhügel unterhalb des Zeigefingers inne, dem Symbol für Glück oder Unglück, und sprach eine Prophezeiung aus, die wie eine Warnung klang: »Sie reisen zu oft mit dem Flugzeug, seien Sie auf der Hut!«

Jo Longman entkräftete mit seinem Lachen die Weissagung, und indem er die Stimme des Sehers nachahmte, sagte er seinem Schützling Cerdan voraus, er werde bald eine Art Minotaurus treffen, halb Mensch, halb Stier, und diesen zu Boden schleudern. Die Prophezeiung erfülle sich bei seiner Rückkehr, fügte Longman hinzu, wenn er als braver Theseus am Arm einer Ariadne namens Édith aus dem New Yorker Labyrinth herausgeführt werde, um sodann wie Ikarus zu sterben, da er sich der Sonne zu sehr genähert habe. Die Weissagung wurde in der allgemeinen Heiterkeit beiseitegewischt. Doch der Wahrsager, besorgt über das, was er gesehen hatte, ließ nicht locker und bat den Boxer am Folgetag um die Angabe von Geburtsdatum, -zeit und -ort, und eine Woche später bekam Marcel einen Brief, der eine zweite Warnung enthielt: »Vermeiden Sie Flugreisen, zumal freitags.«

Je präziser die Prophezeiung, desto weniger

schenkt man ihr Beachtung, das wusste schon Kassandra. Und wenn ihr denn Gehör geschenkt wird, so trägt jede Geste, die ihre Erfüllung verhindern will, nur zu ihrer Vollendung bei, das Aufbegehren, das Umschwenken ist Teil des Spiels, so lehrt uns das Orakel von Delphi. Kurzum, niemand entkommt seinem Schicksal.

»Nimm das Flugzeug, das Schiff braucht zu lange!«, flehte ihn Édith am Telefon an. Die Constellation flog in der Nacht von Donnerstag auf Freitag über den Atlantik, er wäre morgens in New York und käme sie wecken. Dann könnten sie den Tag zusammen verbringen, und abends würde er sie im Versailles singen hören. Die Prophezeiung ist vergessen. Marinette hat zwar ebenfalls dunkle Vorahnungen, als er mit ihr ein paar Minuten vor dem Abflug am Telefon spricht – das kennt er gar nicht an ihr. Er beschwichtigt sie. Unterdessen gelingt es Jo Longman, drei Plätze an Bord eines eigentlich ausgebuchten Flugzeugs zu ergattern. Der Boxweltmeister wird ja wohl Anspruch auf Sonderbehandlung erheben dürfen, und so haben Madame Erdmann, Geschäftsführerin einer Parfümerie, und ein junges amerikanisches Pärchen auf Hochzeitsreise das Nachsehen. In der Bar des Flughafens stößt Marcel, flankiert von seinen beiden Reisegefährten, auf die Rückeroberung des Titels an: »LaMotta wird mir sein Ausweichmanöver teuer bezahlen!«

15

Ponta Delgada

Vorbei die Kirch', vorbei den Berg,
Den Feuerturm vorbei.

Samuel Taylor Coleridge, *Der alte Matrose*

In der Nacht von Sonntag auf Montag setzt sich ein weiterer Expeditionstrupp in Richtung Monte Redondo in Bewegung, er bricht zur Suche nach den letzten Opfern der Constellation auf, die von drei Infanteristen der Inselkaserne bewacht werden. Um Mitternacht bringen die Hilfskräfte die Leichname ins Dorf hinunter. Der kleine Weiler wirkt gleichsam okkupiert, Militärfahrzeuge verstopfen die einzige Straße und hinterlassen tiefe Furchen im Boden. Im Pfarrhaus, wo sie untergebracht sind, lesen die Mitglieder der Air-France-Kommission ihre Aufzeichnungen durch und verfassen erste Berichte. Hunderte von Details, die sie mit der maschinengeschriebenen Passagierliste abgleichen. Oberstes Ziel ist es, jedem Leichnam einen Namen zu geben, bevor er nach Ponta Delgada überführt wird. Der technische Untersuchungsbericht der Unglücksursache kann warten. Was empfinden diese Menschen im Vorhof der

Katastrophe? Sind sie angesichts der immensen Aufgaben entmutigt? Sind sie erschöpft, nachdem sie einen Tag lang an den Hängen des Vulkans die rauchenden Eingeweide der Constellation durchwühlt haben? Empfinden sie Wut angesichts der Plünderungen am Unglücksort?

Lévis-Mirepoix möchte so schnell wie möglich zur Treibjagd auf die Plünderer blasen. Frühmorgens inspizieren sie die Häuser von Algarvia, befragen die Einwohner. Hier ein Perlencollier und Eheringe, dort ein Bündel Dollarscheine. Was soll man von jener Frau halten, die mitten auf der Straße festgenommen wurde, weil sie, in einen Pelzmantel gehüllt, herumlief? Am Ausgang des Dorfes dringt aus einer Hütte der Klang einer Geige. Sie klopfen an die Tür, es wird plötzlich still, ein alter Mann öffnet die Tür, einen gold- und schildpattmontierten Bogen in der Hand. »Gehört der Ihnen?« – »Nein, den habe ich gefunden«, antwortet der Dorfbewohner. Der Bogen, Modell Fleur-de-Lys, trägt das Signet des berühmten Londoner Instrumentenbauers W. E. Hill & Sons. Die Kommission nimmt den Bogen sofort in Beschlag, die Geige – eine reichlich alte – darf der Dorfbewohner behalten.

Am Mittag koordiniert die Armee die Überführung der Särge ins Basislager in Ponta Delgada. Vier zu Leichenwagen umfunktionierte Laster nehmen die Straße mit den unzähligen Haarnadelkurven, die von Algarvia zum Flughafen Santa

Anna führt. Zwei Stunden später stehen die Särge auf den Bänken im Speisesaal der mit Kalk geweißten Kaserne, sie sind mit Blumengebinden und Kränzen geschmückt, ein Behelfsaltar wurde eilends errichtet. In dem Speiseraum der Infanterie herrscht die Atmosphäre eines Leichenschauhauses. Ponta Delgada ist die Hauptstadt von São Miguel. Früher, als die »Ilha Verde«, wie sie genannt wurde, noch der Ort war, an dem sich die zwischen Europa und der Neuen Welt verkehrenden Karavellen mit Proviant versorgten, florierte die Insel. Auf der Praça Gonçalo Velho Cabral markieren drei stolz aufragende Arkaden die letzte Pforte an Land vor dem Ozean. Auf der Praça 5 de Outubro thront das Fort São Brás über der Zitadelle. An jedem fünften Sonntag nach Ostern überziehen die Bewohner ihr verwinkeltes Städtchen mit einem Blütenteppich. Es ist das Heilig-Geist-Fest, und hinter einer mit Gold und Diamanten geschmückten Christusfigur aus Ebenholz setzt sich ein Zug in Bewegung. In der Pfarrkirche krönt die Menge ein Kind zum Kaiser, setzt ihm die Krone aufs Haupt, und mit dem jahrhundertealten Zepter in der Hand paradiert das Kaiserkind an der Spitze und eröffnet die Festlichkeiten.

Aus welchem Holz sind die Särge in der Kaserne geschnitzt, aus dem der riesigen Wälder des Vale formoso in der Mitte der Insel oder aus dem toten Holz des Waldes von Caliche? Am Nachmittag erteilt der Priester von Ponta Delgada die

Absolution, auch der Gouverneur der Provinz, die örtlichen Amtsträger und die Mitglieder der Air-France-Abordnung sind anwesend. Die Särge sind nach der Nationalität der Opfer geordnet, einige hat man mit dem Union Jack oder dem Stars-and-Stripes-Banner bedeckt, die Franzosen müssen sich noch bis zur Ankunft des Konsuls Morin aus Lissabon gedulden. Auf die katholische Messe folgt ein protestantischer Gottesdienst, bei dem ein Militärgeistlicher Verse aus dem Alten Testament vorliest. Draußen vor der Kaserne ist halbmast geflaggt, weiß gekleidete Schulkinder bilden ein Spalier, portugiesische Soldaten stehen stramm.

Lévis-Mirepoix gibt noch am selben Abend Didier Merlin vom *Figaro* am Telefon ein Interview und teilt den Stand der Untersuchungen mit: »Es ist noch zu früh, um Schlüsse aus den ersten Ermittlungen zu ziehen. Jedes Mitglied der Kommission hat gemäß seinem Fachwissen und selbstverständlich in ständigem Austausch mit den Kollegen seine Recherchen durchgeführt. Wir wurden von diversen Mitarbeitern des Luftfahrtpersonals unterstützt – einem Piloten, einem Funker, einem Navigationsoffizier und einem Mechaniker. Jetzt müssen wir sondieren, was sie zusammengetragen haben. Jeder hat ein Puzzleteil in Händen, aus dem sich die Katastrophe zusammensetzt, aber vielleicht bleibt diese für immer ein Rätsel. Das Flugzeug hat sich, wie Sie wissen, in einen Hang seitlich des Monte Redondo gebohrt, also zwischen diesem und dem Pic Algarvia, der höchsten Erhebung der Insel São Miguel, fünfzig Kilometer unterhalb einer Kerbe, die man als eine Art Pass bezeichnen könnte.«

16

Die Gladiatorin

Ich erinnere mich, dass die Geigerin Ginette Neveu im selben Flugzeug ums Leben kam wie Marcel Cerdan.

Georges Perec, *Ich erinnere mich*

In großen Lettern verkünden die Plakate der Salle Pleyel an den Litfaßsäulen entlang der Pariser Boulevards:

EIN ABSCHIEDSKONZERT
VOR IHRER AMERIKATOURNEE:
GINETTE NEVEU
DONNERSTAG, 20. OKTOBER
SALLE PLEYEL

Auf dem Programm dieses letzten Konzerts vor dem Abflug in die Neue Welt stand die *Sonate in D-Dur* von Händel, die *Chaconne in d-Moll* von Bach, Szymanowskis *Nocturne et Tarantelle*, die *Pièce en forme de Habanera* und *Tzigane* von Ravel. In ihrem langen rosafarbenen Kleid, das gleichmäßig von ihren Gladiatorenschultern herabfiel, erweckte Ginette Neveu, am Klavier begleitet von ihrem Bruder Jean, dank der Magie ihrer Bogenführung die Werke ihres Repertoires zum Leben. Das Publikum war gekommen, um diesem Wunder beizuwohnen, diesen Mozart im langen Rock zu hören, dem die ganze Welt zujubelte. Es wollte ihrem *Tzigane* lauschen, sehen, wie sie sich schlangengleich dazu wand.

Wenn sie in Paris war, zog sich Ginette zwischen zwei Konzerten in die Wohnung der Familie am Square Henri Delormel zurück. Stundenlang übte sie immer wieder ihr Programm, bis das kleinste Detail saß, suchte wie eine Besessene nach der richtigen Interpretation. Bei Tagesanbruch oder auch in der Abenddämmerung streifte sie über die großen Avenuen, in stillem Einvernehmen mit den anderen Spaziergängern, die wie sie allein unterwegs waren.

Im Alter von zehn Jahren hatte sie in einem Aufsatz geschrieben: »Am schönsten sind die Champs-Élysées, wenn die frühe Morgenluft sich mit einem strahlenden Licht vereint und so dem Tag jenes gewisse Etwas verleiht, das man im weiteren Verlauf nicht mehr wahrnimmt. Die wenigen Passanten reden nicht, sie betrachten aufmerksam ihre Umgebung ... In nur zwei Stunden werden sich die Kleingeister dieser Avenuen bemächtigt haben, und der Zauber ist dahin.«

Am Morgen sah sie bereits die Plakate prangen, die von ihrem Ruhm kündeten. »Ausverkauft!« stand auf der Banderole, die quer über die Reklame geklebt worden war.

Schon früh hatte sich Ginette für ihren Weg entschieden. Allzu gern spricht man vom »Wunderkind« und vergisst dabei vor lauter vermeintlicher Unbeschwertheit den zähen Willen des Kindes, die Verbissenheit und Disziplin, jene Geburtshelfer des Genies. Ein unvergleichliches Staccato, das Ergebnis der Hartnäckigkeit eines wild entschlossenen kleinen Mädchens. Wir lieben Märchen, Newtons Apfel, das Heureka! Und das pünktliche, unausweichliche, für bare Münze genommene Eintreffen der Fortuna, aus Lust am Wunderbaren wischen wir das Vorherige beiseite, die Drecksarbeit, die Zweifel.

Im Alter von sieben Jahren, nach einem ersten Konzert in der Salle Gaveau, versuchte Ginette ihre Angst vor Auftritten zu bändigen, dem Zittern ihrer Knie Einhalt zu gebieten, die Feuchtigkeit auf Stirn und Händen zum Verschwinden zu bringen. Sie übte, auf dem Küchentisch stehend, und erklärte ihrer staunenden Mutter: »Ich tue das, um mich daran zu gewöhnen, auf einer Konzertbühne zu spielen. Neulich wurde ich beim Spielen nervös, das war bestimmt Höhenangst.«

Gleichsam als Kind des Waffenstillstands kam Ginette Neveu 1919 in Paris zur Welt. Ihre Mutter, Klavierlehrerin, führte sie schon früh an die Musik heran. Aus einer Ecke des Wohnzimmers beobachtete Ginette das Kommen und Gehen der Schüler und summte schon mit elf Monaten die Melodien, die sie hört. Die Passanten blieben vor der Wiege stehen, in der sie sich selbst in den Schlaf sang. Sie war erst zwei, als sie ihre Mutter zu einem Chopin-Konzertabend begleiten durfte, und auf der Rückfahrt hörte man sie unter Tränen seufzen: »Oh, so viel Gefühl! Der Mann muss so unglücklich gewesen sein!« Ihre erste Violine, eine Viertelgeige, bekam sie zum fünften Geburtstag geschenkt, und nachdem ihre Eltern sich mit Professor Nadaud vom Pariser Konservatorium beraten hatten, nahm sie Unterricht bei Madame Talluel. Binnen kürzester Zeit waren *staccato*, *spiccato* und *martellato* keine Fremdwörter mehr für sie. Angesichts dieser erstaunlichen Reife hatte Ginette bereits nach sechs Monaten Unterricht ihren ersten öffentlichen Auftritt mit einer Fuge von Schumann. Sie begriff nicht, dass der anschließende Applaus ihr galt, und nachdem sie sich verbeugt hatte, applaudierte sie ebenfalls. Zwei Jahre später hatte sie einen umjubelten Auftritt in der Salle Gaveau, wo sie eine schwungvolle Interpretation von Max Bruchs Violinkonzert zu Gehör brachte. Draußen ging ein heftiges Gewitter nieder, doch sie hörte nichts von dem Getöse, und als ihre Mutter bewundernd bemerkte, dass sie seelenruhig weitergespielt habe, fragte sie erstaunt: »Welcher Blitz? Hat es denn ein Gewitter gegeben?«

Wie im Fall von Marcel Cerdan hatte auch Ginette Neveus Stimme etwas Paradoxes an sich. Während Marcel, in einen riesigen Körper gezwängt, wie ein schüchterner Junge sprach, stotterte, über die Wörter stolperte, sein Sopranstimmchen strapazieren musste, um gehört zu werden, strahlte die zarte Ginette mit ihrer tiefen Stimme und ihrem eindringlichen Blick Selbstsicherheit aus, das Bewusstsein, etwas Besonderes zu sein. Als George Enescu sie einmal unterbrach, um eine Korrektur anzubringen, antwortete sie: »Ich tue, was ich verstehe, und lasse, was ich nicht begreife.«

Im November 1930, im Alter von elf Jahren, wurde sie am Conservatoire national supérieur de musique zugelassen. Nach nur acht Monaten Unterricht in der Violinklasse von Jules Boucherit erhielt sie einen ersten Preis und trat damit in die Fußstapfen des großen Wieniawski. Ein Jahr später nahm sie an ihrem ersten internationalen Wettbewerb in Wien teil, zusammen mit zweihundertfünfzig weiteren Bewerbern, die doppelt so alt waren wie sie, und gelangte ins Finale. Einer der Juroren, Carl Flesch, den die Technik und die künstlerische Phantasie des Mädchens beeindruckten, hinterließ eine Nachricht für Ginettes Mutter im Hotel: »Wenn Sie nach Berlin kommen, würde ich mich vollkommen uneigennützig für das Vorankommen Ihrer Tochter einsetzen.« Ganze zwei Jahre brauchte es, bis die Familie das für die Reise notwendige Geld aufgetrieben hatte. In der Zwischenzeit lernte Ginette Nadia

Boulanger kennen und komponierte zum Spaß drei Sonaten für Violine, ein Capriccio und erste Skizzen für ein Violinkonzert. Im März 1935, mit sechzehn Jahren, erfuhr sie internationale Weihen, als sie vor dem Zweitnominierten David Oistrach den Wieniawski-Preis gewann. Im Anschluss an den Wettbewerb schrieb sie einen Brief an ihre Lehrerin Madame Talluel:

Meine liebe Lehrerin,

lassen Sie mich rasch die gute Nachricht überbringen: Nachdem ich im ersten Durchgang bereits an der Spitze stand, habe ich im Anschluss an den zweiten tatsächlich den ersten Preis gewonnen.

Sie können sich vorstellen, wie sehr Maman und ich uns darüber freuen. Leider verpflichtet mich das Reglement des Wettbewerbs, noch einen Monat in Polen zu bleiben, um Konzerte zu geben. Gestern Abend hat es bis zwei Uhr nachts gedauert, ich war sehr zufrieden mit meinem Auftritt …

Ich habe also – man bedenke! – ein Diplom erhalten, einen Scheck, einen silbernen Becher, der aus dem Besitz Wieniawskis stammt, und eine seltsame Violine, die von der Form her an eine Mandoline erinnert!!

Ginette Neveu entdeckte die Welt. Zwischen 1935 und 1939 unternahm sie Konzertreisen nach Polen, Großbritannien, in die Sowjetunion, nach Kanada, und überall feierte sie triumphale Erfolge. Sie soll gesagt haben: »Jetzt beginnt der Ernst des Lebens!«

Es folgten der Sitzkrieg, die Niederlage, die Isolation der besetzten Länder. Ginette entschied sich für das innere Exil. Sie spielte nur noch in kleinen Konzertsälen innerhalb der freien Zone, und obwohl die Nazis ihr goldene Brücken bauten, lehnte sie Angebote aus Berlin oder Stuttgart ab. Während ihrer improvisierten Tourneen durch die französische Provinz nächtigte sie in Bahnhofshotels oder im Schlafwagen, stets in Begleitung ihres Bruders Jean. Nur ein einziges Mal machte die »musikalische Widerstandskämpferin« eine Ausnahme, als sie am 19. Januar 1943 ein Konzert in der Salle Gaveau mit Werken von Bach, Beethoven und Brahms gab. Dieses Konzert führte zur Freundschaft mit dem Komponisten Francis Poulenc, die dadurch besiegelt wurde, dass er ihr eine Sonate widmete.

Juni 1944: die Landung der Alliierten. Ginettes Wirkungskreis wurde, je weiter die Truppen vorrückten, wieder größer. Nach der Befreiung Belgiens gab sie ein mitreißendes Konzert in Brüssel. Am nächsten Morgen stieg sie in den ersten Zug Richtung Schweiz, als der Zug an der Grenze angehalten wurde, flog ihr Inkognito auf. Ein mitreisender Journalist von *La Feuille d'avis de Lausanne* berichtete: »An der Grenze ließ ein sehr engagierter Bahnhofsvorsteher einen Personenwaggon an einen Güterzug koppeln, damit die unverhofften Passagiere weiterreisen konnten. Der Lokführer war ganz außer sich vor Freude, bei jedem Halt kam er zu ihnen und erkundigte sich, ob es seinen Fahrgästen an nichts mangelte, er unterhielt sich mit ihnen, brachte ihnen Zeitungen. Auf diese Weise erfuhr Ginette Neveu, dass man für ihr Konzert mit dem Orchestre symphonique in Genf einen Ersatz gefunden hatte, da man dachte, es sei ihr nicht möglich, einzureisen. An der nächsten Station sprang sie aus dem Waggon, um zu telefonieren und die Dinge wieder geradezurücken. Sie schaffte es rechtzeitig zum Konzert.« Sie hatte eben das, was man einen unbesiegbaren Willen nennt.

In London erkrankte sie an Scharlach. Einen ganzen Monat lang, eine gefühlte Ewigkeit, konnte sie nicht spielen. Eines Nachts stürzte eine V2-Rakete in der Nähe ihrer Unterkunft am Hyde Park ab. Kaum genesen, trat sie in der Royal Albert Hall auf. Es folgten Konzerte in Brüssel, in der Privatwohnung von Königin Elisabeth und in Ostende, wo Maurice Chevalier sie in der Künstlergarderobe aufsuchte. Er erzählte später: »Großer Eindruck, bislang haben es nur wenige Violonisten geschafft, mich bis in mein geheimstes Inneres anzurühren. Von den ersten Noten an ist man wie elektrisiert von ihrem Genie. Sie scheint von einem Dämon besessen zu sein!«

In einer Aufzeichnung von Chaussons *Poème* mit dem Philharmonia Orchestra unter Issay Alexandrowich Dobrowen aus dem Jahr 1946 wird die magnetische Anziehungskraft Ginette Neveus deutlich: Das Kinn erhoben, atmet sie tief durch, als müsse sie Anlauf nehmen. Dann berührt der Bogen sanft die Saiten und schwingt sich auf, während ihre Finger ein Vibrato erzeugen. Ginette steht im Zentrum des Geschehens, sie trägt ein Kleid mit bauschigen Ärmeln, reckt sich empor, senkt den Arm.

1947, Südamerika mit dem Zug. Rio de Janeiro, Montevideo, Manaus, Patagonien, Bogotá. Hier begegnete sie André Maurois. Dann Mexiko, die Vereinigten Staaten – zuerst Texas, Oklahoma und Utah –, Kanada, die Carnegie Hall in New York. Auf der Rückreise improvisierte sie Ravels *Tzigane* auf der Mundharmonika – ein musikalisches Weihnachtsgeschenk, »mein schönstes Konzert«, wie sie später einmal sagte. Die Maschine kreiste über dem Flughafen von Orly und konnte nicht landen. Schließlich setzte sie in der Nähe von Orléans auf einem Flugfeld auf, das noch von den Zerstörungen des Krieges gezeichnet war. Damit den Passagieren die Zeit nicht zu lang wurde, schlug der Kapitän ein Spiel vor: »Was würden Sie tun, wenn Sie eine Wunderlampe hätten und einen Wunsch äußern dürften?« Man wünscht sich Reichtum, Ruhm, Erfolg, ewiges Leben, Ginette dagegen wünschte sich, Weihnachten in der Wohnung am Square Delormel in Paris verbringen zu dürfen. Einige Stunden später ging der Wunsch in Erfüllung.

Am 22. Oktober 1949 suchte sie in Begleitung ihrer Mutter den Geigenbauer Vatelot in der Rue Portalis auf. Sie kaufte eine Guadagnini, die Marcel Vatelot für sie reserviert hatte, und holte ihre Stradivari wieder ab. Durch die Intensität ihres Spiels hatte das Instrument viel Feuchtigkeit aufgenommen, dem jungen Lehrling Étienne Vatelot fiel die Aufgabe zu, das Instrument zu öffnen. Ein paar Wochen zuvor hatte man außerdem beschlossen, dass Étienne Ginette auf ihrer Tournee durch die Vereinigten Staaten begleiten sollte. Sie bat ihn jedoch, seine Abreise zu verschieben. Sie wolle, so verkündete sie mit ihrer tiefen Stimme, ihr Programm in Saint Louis ausbauen, bevor sie die darauffolgende Konzertserie in Angriff nehme, und sei daher erst ab dem 10. November verfügbar. Für Étienne gab es keinen Grund zur Eile, vor allem aber wollte er ihr keinesfalls lästig fallen, wohl wissend, dass in seinem Beruf Diskretion oberste Priorität hat. Er änderte also klaglos seinen Abreisetermin und tauschte das Flugticket vom 27. Oktober gegen eine Atlantiküberquerung per Schiff ein.

17

Ein Bomber im Frachter

Der Boxer Marcel Cerdan ist tödlich verunglückt. Die Presse stürzt sich auf seinen frischen Kadaver. »Bestellen Sie ein Foto (20 Franc) des verstorbenen Marcel Cerdan.« Sonderausgabe, was für ein gutes Geschäft ... Erbrochenes ... und morgen spiele ich erneut den schamlosen Journalisten. Denn jede Gesellschaft hat die Journalisten, die sie verdient.

René Fallet, *Carnets de jeunesse*

Die Pariser Tageszeitungen quellen über von Berichten zu der Tragödie auf den Azoren. Nach den hitzigen Debatten über mögliche Ursachen und der Befragung von Experten erwartet man nun mit Spannung die Bestattungsfeierlichkeiten. Das Warten zieht sich in die Länge, unterdessen füllen erbärmliche Schreiberlinge die Spalten mit Statistiken: 585 851 Menschen haben seit 1945 den Atlantik überquert, 20 205 Flüge sind in beide Richtungen erfolgt. Die ganze Woche um Allerheiligen eine lange Litanei vergessener Namen, gestürzter Minister, ein vermischtes Allerlei, dazu die üblichen Gedenktage und Festivitäten. Von den Schlagzeilen zu den Kurzmeldungen Informationen in marktschreierischen Riesenlettern, Werbeanzeigen, Sonderbeilagen, Spezialausgaben – lauter Papiercollagen, die unter dem Geschrei der Straßenverkäufer und der Rotationspresse den *Cadavre exquis* des unvermeidlichen Weltenlaufs hervorzerren. Rasend schnell rauschen die aktuellen Nachrichten vorüber, zusammengeschnurrt auf das Miniformat eines Mikrofilms. Schon im Vorfeld aufgebläht, überschneiden sich die Ereignisse und verschmelzen, während die tosende Maschine die Toten ausspuckt. Neunzehn bretonische Matrosen starben im Sturm, und von drei Fischerbooten fehlt noch immer jede Spur – Aufgeregter Machtkampf der Gewerkschaftler in der Metallindustrie – Erneutes Unentschieden (1:1) zwischen Frankreich und Jugoslawien, 60 000 Zuschauer waren nach Colombes gekommen, das Spiel verlief ohne Zwischenfälle – Die Ministerriege von Georges Bidault ist nun komplett – Die Einbrecher, die durch die Decke kamen, lösten einen Alarm aus und suchten unverrichteter Dinge das Weite, sie ließen zwei Koffer mit sechzig Kilo schwerem Gerät zurück: jede Menge Stemmeisen, Meißel, Bohrer, Seile mit Knoten, Schuhe mit Gummisohlen, diverse Leitern, Schraubendreher … Und natürlich den unvermeidlichen Regenschirm, der dazu dient, Sie wissen es vielleicht, den Schutt von den durchstoßenen Dielen abzuhalten – Louis Armstrong triumphiert in der Salle Pleyel – Werbebeilage:

»Ich bin Sekretärin. Ich bin in einer angenehmen Situation. Und das verdanke ich meinen beruflichen Kenntnissen, die ich bei den Kursen von PIGIER erworben habe.« – Ein Amphibienflugzeug stürzt in London ab: sechs Tote – Der 63. Jahrestag der Schenkung der Freiheitsstatue an die Vereinigten Staaten – Zwei junge Forscher reisen an Bord eines Passagierdampfers von Bordeaux in den Tschad, sie nehmen an einer archäologischen Expedition teil, die der Suche nach den Überresten alter afrikanischer Zivilisationen gewidmet ist – Maurice Nadeau über Robert Desnos: »Er verkörperte das Beste des Surrealismus: eine unstillbare Begierde, das Unmögliche zu erschließen.« – Ein unveröffentlichter Brief von H. G. Wells an James Joyce: »Ihre beiden letzten Werke sind nicht halb so mitreißend und amüsant, wie es das Verfassen gewesen sein muss.« – Wer wird den Prix Goncourt 1949 gewinnen: Robert Merle mit *Week-End en Zuydcoote* oder Louis Guilloux mit *Le jeu de patience*? – Reklame: Die Kunden werden anspruchsvoller, seit sie endlich die Wahl haben, zum Frühstück fordern sie ein ebenso qualitätsvolles wie renommiertes Produkt … Fragen Sie nach BANANIA, dem köstlichen Kakaotrunk! – Mutmaßlicher Mörder von Setty festgenommen: Die Londoner Polizei hat gestern Abend einen gewissen Donald Brian Hume festgenommen, ihm wird die Beteiligung an der Ermordung des Autohändlers Stanley

Setty vorgeworfen, dessen Rumpf ohne Schädel und mit abgetrennten Beinen vor fünf Tagen in einem Moor in Essex gefunden wurde – Im Kino: *Stromboli* von Roberto Rossellini mit Ingrid Bergman, *Ehekrieg* von George Cukor mit Katharine Hepburn und Spencer Tracy, achte Woche: *Retour à la vie* mit Bernard Blier, Louis Jouvet und Serge Reggiani – Zu Allerheiligen wird es kalt, und die Blumen sind teuer, wie jedes Jahr strömen die Angehörigen zu den Begräbnisstätten; an den Blumenständen vor den Friedhöfen konstatiert man Preiserhöhungen von 15 bis 30 Prozent im Vergleich zu den Vorjahrespreisen, die Händler beklagen sich über das schleppende Geschäft, kein Wunder, wenn schon ein kümmerliches Chrysanthemenköpfchen zweihundert Franc kostet.

Auf den Azoren ist das Allerheiligenfest 1949 mehr denn je ein Gedenkfest für die Toten. Auf der Insel nehmen die Trauerfeierlichkeiten für die Opfer der Constellation kein Ende. Die Einwohner sehen in den Passagieren mittlerweile fast so etwas wie Familienangehörige, Stolz mischt sich in ihre Trauer, der flüchtige Eindruck, zumindest vorübergehend zum Epizentrum eines weltumspannenden Dramas geworden zu sein. Sie erfahren die Namen der Toten, Ginette Neveu, Marcel Cerdan, und tragen ihre Trauer in dem Bewusstsein, vom Schicksal auserkoren zu sein. Fast eine Woche dauert es, bis die Leichname nach Frankreich ausgeflogen werden können. Konsul Morin ist auf São Miguel gelandet und koordiniert nunmehr das weitere Vorgehen. Die dreiunddreißig französischen Särge stehen in der Kaserne von Ponta Delgada, während die Experten ihre Ermittlungen fortsetzen und die Identität jedes einzelnen Passagiers herauszufinden bemüht sind. Am frühen Nachmittag des 7. November, einem Montag, wird die traurige Fracht auf ein Schiff verladen, das sie von São Miguel nach Santa Maria bringt, wo die fliegenden Leichenwagen zum Abflug bereit sind, drei Cargo Liberator LB-30 der Internationalen Transportgesellschaft SATI mit Sitz in Genf. Riesige Maschinen, in den Fabriken Detroits hergestellt und ursprünglich für die englischen Alliierten bestimmt, deren Flugfrequenz sich nun nach der Konjunkturlage richtet. Sie stehen auf dem Rollfeld nebeneinander, eineiige Drillinge, alle Luken sind geöffnet, und wie der Walfisch in Walt Disneys *Pinocchio* verschlingen sie in ihrem Bauch die sterblichen Überreste des Fluges Paris–New York. Am Dienstag, dem 8. November, nimmt die Maschine mit dem Kennzeichen F-00AF die dreiunddreißig französischen Särge an Bord und startet zu einem Flug nach Paris mit Zwischenetappe in Casablanca, wo der Sarg Cerdans übergeben wird. Dann geht es weiter nach Cormeilles-en-Vexin, dem Anhängsel des Flughafens Orly.

Die von den Passatwinden angetriebene Transportmaschine überfliegt die Meerenge von Gibraltar und beginnt mit dem Sinkflug auf Casablanca und den Flughafen von Camp-Cazes. Ist es eine Ironie des Schicksals, dass sich der Pilot des Unglücksflugzeugs, Jean de la Noüe, in der Gegend bestens auskannte? Und dass Bernard Boutet de Morvel sie gemalt hat? Die Menschenmenge, die sich auf dem Rollfeld drängt, beweint einen Boxer, der mit Spitznamen wie ein Flugzeug heißt. Um zehn Uhr morgens Ortszeit öffnet sich eine Luke der Cargo Liberator, und auf vier Schultern ruhend, wird Cerdan, »Le bombardier«, herausgetragen. Die Ehrengarde begleitet den Sarg über palmenbestandene Straßen bis zum Lyautey-Stadion, das eilends in eine Aufbahrungshalle umfunktioniert wurde. In dem Stadion am Ende der Avenue d'Amade erweisen Tausende Einwohner Casablancas dem Champion die letzte Ehre.

18

Die Geschiedenen von Reno

Erzählt nie einem was. Denn sonst vermisst ihr alle mit der Zeit.

J. D. Salinger, *Der Fänger im Roggen*

In einem Presseausschnitt von damals las ich eine Anekdote über einen der Passagiere der Constellation. Es handelte sich um Ernest Lowenstein, den Besitzer zweier Gerbereien in Straßburg und Casablanca. Er hatte sich einen Monat zuvor in Reno scheiden lassen und flog zurück nach New York, besessen von dem Gedanken an eine Versöhnung mit seiner Exfrau. Ich stellte mir vor, wie er eine Woche vor seiner Abreise ein Telegramm aufgab, das etwa so lautete: »ANKOMME NEW YORK 28. OKTOBER + STOP + CONSTELLATION F-BAZN + STOP + BITTE UM TREFFEN + STOP + DU FEHLST MIR.«

Ich beschäftigte mich in der Folge ausgiebig mit der Geschichte von Reno im Bundesstaat Nevada. Die Stadt hatte sich seit Beginn des 20. Jahrhunderts zur Scheidungshauptstadt entwickelt und blieb es auch bis zum Ende der 1960er Jahre. Ein Bundesgesetz erleichterte das Verfahren, man musste keinen Ehebruch nachweisen, sondern lediglich Beweggründe wie »Inkompatibilität« oder »Gewaltanwendung« anführen, um das ersehnte Dokument zu erhalten. In dem Bestreben, zwei Fliegen mit einer Klappe zu schlagen, hatten die örtlichen Behörden den Mindestaufenthalt von drei Monaten auf sechs Wochen reduziert und so Reno in eine Kapitale des Scheidungstourismus verwandelt. Ich erfuhr, dass Mary Pickford, Star der Stummfilmära, 1920 für sechs Monate nach Reno zog, um so rasch wie möglich ihre Scheidung von Owen Moore über die Bühne zu bringen und den Bund der Ehe mit Douglas Fairbanks einzugehen. Das Hotel Riverside war der Urlaubsort der besonders eiligen Scheidungswilligen aus Hollywood, 1935 kam Paulette Godard hierher, um ihre Ehe mit Charlie Chaplin zu beenden. Ich musste an ein populäres amerikanisches Lied denken:

I'm on my way to Reno
I'm leaving town today
Give my regards to all the boys
And girls along Broadway
Once I get my liberty
No more wedding bells for me
Shouting the battle cry of Freedom!

Ich suchte nach weiteren Belegen in der Hoffnung, mehr über Ernest Lowenstein herauszufinden. Am 2. November 2013 stieß ich auf einen Artikel, der am 31. Oktober 1949 im *Ironwood Daily Globe* erschienen war, einer Tageszeitung aus Michigan. Zunächst musste ich über den Namen schmunzeln, *Daily Globe*, weil er mich an den Namen der Zeitung erinnerte, für die der Fotograf Peter Parker in den *Spider-Man*-Comics arbeitete. In einem Artikel mit der Überschrift *The Hope that Failed* ging es um die am Flughafen in New York wartenden Familien, die aufgrund eines Gerüchts, es könnte doch Überlebende gegeben haben, erst Hoffnung schöpften und dann aufs Grausamste enttäuscht wurden. Das zu diesem Artikel gehörige Foto bezeugte die flüchtige Hoffnung. Ich las die Bildunterschrift: »Madame Ernest Lowenstein aus New York drückt ihren neunjährigen Sohn Bobby an sich, nachdem sie von einem Freund erfuhr, dass ihr Exmann Ernest Lowenstein aus New York / Casablanca den Absturz der Air-France-Maschine über den Azoren offenbar überlebt habe. Kurze Zeit später erweist sich das Gerücht jedoch als falsch, es gibt keine Überlebenden. Madame Lowenstein berichtete, sie sei einen Monat zuvor in Reno geschieden worden, wusste aber, dass ihr Mann auf dem Weg in die Vereinigten Staaten war, um eine Versöhnung anzubahnen.«

Der damals neunjährige Bobby ließ sich bestimmt ausfindig machen, denn so viele 1940 geborene Robert Lowensteins gab es sicher nicht, das Kind auf dem Foto musste heute dreiundsiebzig sein, die Chancen, dass Bob noch lebte, standen also gut. Bei Google fand ich drei Einträge, darunter einen Kinder- und Jugendpsychiater aus Pittsburgh, Robert Aaron Lowenstein. Auf der Seite seiner Klinik stand seine E-Mail-Adresse, und ich schrieb ihm folgende Nachricht:

Datum: 2. November 2013 00:57:54
Betrifft: Ernest Lowenstein

Dear Doctor Lowenstein,
My name is Adrien Bosc, I am working on the plane crash F-BAZN Constellation.
I'm not sure you're the son of Ernest Lowenstein, if so may I ask you a few questions?
Best regards,
Adrien Bosc

Zwei Stunden später erhielt ich seine Antwort, die ich nach dem Aufwachen las:

I am his son. What questions do you have?
Sent from my iPhone

Ich hatte einfach drauflosgeschrieben und gar nicht gehofft, ihn so schnell ausfindig zu machen. Außerdem schämte ich mich ein wenig, als ich meine Zeilen erneut durchlas. Schließlich hatte ich ihn ohne jegliche Vorwarnung angeschrieben und mir keine Sekunde Gedanken darüber gemacht, wie seltsam mein Betreff auf ihn wirken würde – 64 Jahre nach dem, was zweifellos das Drama seines Lebens darstellte: »Ernest Lowenstein«. Ich habe wohl auch die bisweilen hyänenhafte Seite eines Journalisten an mir.

Nach dem Austausch mehrerer E-Mails verabredeten wir uns für Sonntag, den 10. November, zu einem längeren Telefonat. Ich berichtete ihm von meinem Projekt, machte deutlich, dass ich seine Version der Ereignisse hören und mich nicht nur auf den kärglichen Presseausschnitt stützen wollte. Daraufhin erzählte er mir die Geschichte seiner Eltern:

> Mein Vater, Ernest, war ein deutscher Jude aus Westfalen, der Ende der 1930er Jahre nach Paris emigriert war. Er arbeitete mit meinem Onkel in der Lederwarenbranche. Auch meine Mutter war nach Frankreich emigriert, sie stammte aus Polen. 1940, als die Deutschen einfielen, war mein Vater abwesend, er hatte sich bei der Fremdenlegion beworben und war nach Algerien geschickt worden. Meine Mutter war schwanger mit mir und beschloss, Paris zu verlassen. Es gelang ihr, über die Pyrenäen aus Frankreich nach Spanien zu fliehen, eine französische Familie half ihr und brachte sie im

Auto dorthin. Von Spanien aus schiffte sie sich nach Casablanca ein. Ich kam in Casablanca zur Welt. Mein Vater stieß von Algerien aus zu uns. Wir haben den ganzen Krieg über in Marokko gelebt, mein Vater war Polizist und gründete dann einen Gerbereibetrieb. 1945 immigrierten wir in die Vereinigten Staaten. Vaters Geschäft begann nach dem Krieg zu florieren, und so reiste er immer öfter zwischen New York, Marokko und Frankreich hin und her, wo er ein zweites Unternehmen gegründet hatte. Zu Hause sprachen wir Französisch, aber auch Deutsch und Polnisch. Im Sommer 1949 ließen sich meine Eltern scheiden. Ich kann mich noch an die Reise nach Reno erinnern, es kam mir vor wie Ferien. Sechs Wochen haben wir dort verbracht. Ich verstand nicht alles, was sich damals abspielte, es war Sommer, und es fühlte sich eben an wie eine Reise. Und dann geschah das Flugzeugunglück, es hieß zunächst, er habe überlebt, und dann, es habe keine Überlebenden gegeben. Ein paar Tage später wurde seine Leiche identifiziert. Anschließend belagerten zahlreiche Journalisten unser Haus. Die Geschichte von der Versöhnung ist wahr. Ich wusste, dass er deshalb wiederkommen wollte und dass meine Mutter damit einverstanden war. Meine Mutter war eine äußerst tatkräftige Frau. Nach dem Tod meines Vaters arbeitete sie als eine der ersten Maklerinnen New Yorks.

Ich studierte in Chicago, später an der Columbia University. Ich wurde Psychiater und spezialisierte mich auf traumatisierte Kinder und Jugendliche. Zunächst hatte ich meine Praxis in New York, dann in Pittsburgh.

Mein Vater war ein wirklich großartiger Mensch, er war sehr liebevoll. Eigenartigerweise hatte er eine Schwäche fürs Boxen. Er muss außer sich vor Freude gewesen sein, als er feststellte, mit Marcel Cerdan in derselben Maschine zu sitzen … Obwohl ich schon dreiundsiebzig bin, arbeite ich auch heute noch, ich liebe meinen Beruf.

(Ich frage ihn, ob er an einen Zusammenhang zwischen seiner beruflichen Tätigkeit und dem Flugzeugabsturz glaube.)

Ganz sicher, ich wollte schon immer Kindern dabei helfen, ihre Traumata zu überwinden, diese Beziehung zu Kindern rührt von der Katastrophe damals. Es war so seltsam, eine E-Mail von Ihnen zu bekommen, so ganz unvermittelt …

Übrigens haben wir damals eine lächerlich geringe Entschädigung von Air France bekommen, wie viel es genau war, weiß ich nicht mehr, aber es war eine lächerliche Summe.

(Ich spreche ihn auf die Klage der Familie Hennessy an, die jedoch abgewiesen wurde.)

O ja, ich erinnere mich, ich hatte darüber in der Zeitung gelesen. Es war haarsträubend!

Nachdem ich mich bei ihm bedankt habe, lege ich auf.

Ich dachte an uns, an unsere gemeinsamen Erinnerungen. An den Sänger Emile Latimer, den wir in einem Video eines Nina-Simone-Konzerts entdeckt hatten. Aus Freude über Zufälle und Interesse an Personen, die in Vergessenheit geraten sind, war die Idee zu einem Buch entstanden, das wir schreiben wollten. Wir gaben ihm den Arbeitstitel *Rote Kreise*. Wir überlegten, welche Porträts infrage kämen, erwähnten einen Preisträger aus einem Buch von Pierre Sudreau, ein Foto von Roy DeCarava mit John Coltrane und Ben Webster, Jackson C. Frank und sein Lied *Blues Run the Game*. Wir sprachen auch über Ginette Neveu.

19

Cormeilles-en-Vexin

Der Zufall ähnelt uns.

Georges Bernanos, *Die Sonne Satans*

Nach der Zwischenlandung in Marokko steuert die Cargo Liberator das Ziel Cormeilles-en-Vexin an. Die Maschine überfliegt die marokkanische Küste, Rabat, Kenitra, Tanger, die Buchten des Mittelmeers bei Gibraltar, Malaga, Granada, Zaragoza, die Pyrenäen und die alte Schmugglerroute, streift Toulouse, Limoges und Orléans, neun Stunden auf einer kolonialen Diagonale, die von einem Kontinent zum andern führt. Am frühen Abend ist die Frachtmaschine, gesteuert von Roger Loubry, im Anflug, der Tower gibt die Landeerlaubnis auf Piste 4, nicht weit von den Gebäuden der SATI. Sobald das Flugzeug Bodenhaftung hat, wird es zu den Hangars der Fluggesellschaft gelotst, während sich in der Ankunftshalle die Journalisten gegenseitig auf die Füße treten.

Bei geschlossenen Toren werden die Särge unter Ausschluss der Öffentlichkeit aus der Maschine gehoben, draußen erwartet sie eine ganze Armada von Leichenwagen. Auf diverse Kirchensprengel aufgeteilt, werden die dreiunddreißig Opfer zum Friedhof Saint-Augustin, zum Père Lachaise, nach Saint-Jean und in die Provinz gebracht. Didier Daurat – Gefährte von Mermoz und Saint-Exupéry und von Letzterem in der Figur des Rivière in *Nachtflug* unsterblich gemacht –, mittlerweile Betriebsdirektor der Air France, ist zur Stelle. Daurat hatte seinerzeit Saint-Exupérys Fähigkeiten als Experte für Kurierflüge erkannt und ihm den Chefposten des Zwischenlandeflugplatzes an der Saharaküste angeboten. Methode kam bei ihm vor Kapriolen, und so verdonnerte er Mermoz zunächst zur Reinigung der Motoren, indem er erklärte: »Ich brauche keine Zirkusartisten, sondern Busfahrer. Sie werden sich eingewöhnen müssen.« Und seinen Augen bot sich ein klappriger Omnibus dar.

Um 21 Uhr setzt sich der letzte Konvoi in Bewegung, die von Motorrädern der Nationalgendarmerie eskortierten Leichenwagen nähern sich Paris über die Zufahrtsstraßen.

Zur selben Stunde gibt an jenem 8. November 1949 in der Salle Gaveau die britische Sängerin Kathleen Ferrier einen Liederabend, es ist ihr erster Auftritt in Paris. Die unvergleichliche Stimme von »Klever Kaff« erklingt in dem Konzertsaal wie ein Requiem. Durch den Zauber der Gleichzeitigkeit vereinen sich in einem *De profundis* zwei Ausnahmetalente, das einer Geigerin mit dem einer Altistin. Die Übereinstimmung des Datums – die Ankunft der Opfer aus der Maschine F-BAZN in Paris und das Konzert der britischen Sängerin an diesem Abend zur selben Stunde – mag als einer jener »objektiven Zufälle« gelten, die allgegenwärtig sind, die unseren Augen jedoch so lange verborgen bleiben, bis sie sich ereignen, wie jene Konstellationen gleißender Gestirne am Himmel, die Auge und Geist plötzlich zur Deckung bringen. Linien zwischen bezifferten Punkten in einem Malbuch. Die Macht des Zufalls oder die Macht des Schicksals, es ist nicht zu entscheiden, nur lassen Überschneidungen dieser Art manchmal die unglaublichsten Assoziationen zu. Berühmtestes Beispiel: Eine Patientin erzählt dem Psychiater Carl Gustav Jung gerade von einem Traum, in dem ein goldener Skarabäus vorkam – im selben Moment prallt ein Skarabäusverwandter gegen die Fensterscheibe, ein Rosenkäfer, der die Pforte des Zweifels durchstößt.

Kathleen Ferrier und Ginette Neveu, zwei Schicksalsschwestern, zwei außerordentliche Karrieren, die abrupt beendet wurden, zwei verglühende Kometen. Sie hatten sich zwei Monate zuvor beim Edinburgh Festival kennengelernt. Bei einem gemeinsamen Abendessen stellten sie amüsiert fest, dass sie zur selben Zeit auf Tournee durch die Vereinigten Staaten waren, und vereinbarten vor dem Abschied, sich unbedingt in New

York zu treffen. Doch es blieb bei dem Wunsch eines Wiedersehens. Drei Tage nach dem Flugzeugabsturz auf den Azoren schrieb Kathleen Ferrier an Benita Cress, eine Freundin in Wisconsin:

London, den 31. Oktober 1949

Meine liebe Benita!

Gestern bei meiner Ankunft fand ich Ihre beiden bezaubernden Briefe vor – Donnerwetter, ich freue mich so auf das Konzert, hoffentlich sind Sie nicht enttäuscht!

Danke für das Angebot, zu Ihnen zu kommen – wäre es wohl möglich, dass ich mich nachmittags ein wenig hinlege? Ich spreche vor dem Konzert nicht gern, und mein altes Gehirn muss sich ein wenig erholen. Und dann habe ich eine Frage: Wie lange dauert die Zugfahrt von New Mexico nach San Diego? Ich möchte im Januar nicht das Flugzeug nehmen – das fand ich schon immer schrecklich. Außerdem hat mich die Nachricht, dass Ginette Neveu bei einem Flugzeugabsturz auf dem Weg in die USA ums Leben kam, zutiefst erschüttert. Sie war eine der brillantesten Violinistinnen der Welt und erst dreißig Jahre alt! Warum geschieht so etwas, ich verstehe es nicht – auch ihr Bruder ist unter den Opfern, was für ein Verlust! […]

Gott segne Sie, alles Gute! Wir haben jetzt einen zweiten Eisschrank, das erleichtert das Leben ein wenig, und meine Nylonstrumpfhosen halten nicht bis zu meiner Ankunft in den Vereinigten Staaten – es gibt hier keine, aber ich habe sie während der Reise sehr genossen!

Herzlich,

Kathleen

Ginette und Kathleen hatten einen gemeinsamen Freund, den Dirigenten John Barbirolli. Er konnte nicht ahnen, dass er die beiden überleben und für jede von ihnen die Traueransprache halten würde. »Ich habe großes Glück gehabt«, schrieb Kathleen Ferrier eines Tages, Barbirolli hatte noch größeres, denn er kannte die beiden größten Musikerinnen der Nachkriegszeit, die das Schicksal an jenem 8. November 1949 in Paris ein letztes Mal vereint hatte.

20

Das heilige Jahr

Aber ich habe eine große Reise gemacht,
Herr, um dein Bildnis zu sehen in einem Smaragd.

Blaise Cendrars, *Ostern in New York*

In Quebec bezeichnet man einen Flugzeugabsturz als ein *Flugzeugzerschellen.*

Montreal, August 1949, Guy Jasmin und seine Mutter gingen an Bord der *Empress of France.* Auf demselben Schiff war eine Woche zuvor Roger Lemelin aus Frankreich zurückgekehrt, wo sein Roman *Au pied de la pente douce*, bei Flammarion veröffentlicht, großen Erfolg hatte. Das Buch verdankte seinen Titel der »Pente Douce«, jenem volkstümlichen Viertel in Montreal, das sein Autor so gern durchstreifte. Lemelin nutzte die Einladung der französischen Behörden, um im Rahmen der Vorbereitungen für das heilige Jahr 1950 die katholischen Pilgerstätten aufzusuchen – womit er einen Traum seiner Mutter erfüllte. Schon frühzeitig hatte Guy Jasmin, angeleitet von seinem Vorbild und Mentor Olivar Asselin, die journalistische Laufbahn eingeschlagen. Gemeinsam mit seinem Freund Willie Chevalier erklomm er die Stufen der Karriereleiter. Bald standen sie an der Spitze der beiden größten kanadischen Tageszeitungen, Guy bei *Canada*, Willie bei *Soleil.* Während des Zweiten Weltkriegs hatte Guy als Freiwilliger bei einer Hilfsorganisation zur Rettung französischer Flüchtlinge mitgearbeitet. Frankreich lernte er durch die Erzählungen der Auswanderer kennen. Eines Tages würde er auch dorthin reisen! Im Dezember 1948 machte er die Bekanntschaft eines jungen französischen Lehrers, der am Collège Stanislas in Montreal unterrichtete, eines gewissen Valéry Giscard d'Estaing. Guy vereinbarte mit ihm, dass sie sich im August in Paris treffen würden. Seine Reportage über die Vorbereitungen des heiligen Jahres sollte ihn zunächst nach Lisieux, nach Lourdes und nach Italien bis zum Vatikan führen, danach würde sich ein Abstecher an die Côte d'Azur anschließen. Seine Mutter war eine ehemalige Musikerin, und so hatten sie geplant, sich *Nabucco* an der römischen Oper anzusehen, außerdem wollten sie das Abschiedskonzert von Ginette Neveu in der Salle Pleyel hören. Eine Woche später würden sie wieder nach Kanada zurückreisen.

Was für eine Überraschung also, als sie die Geigenvirtuosin am 27. Oktober beim Einchecken erblicken. Rachel ist außer sich vor Freude. Sie hat das Programmheft des Pariser Abschiedskonzerts aufbewahrt und lässt sich ein Autogramm geben.

Der Aufenthalt in Frankreich und Italien hat Guy sehr beeindruckt, seine Begeisterung kommt in seinen Artikeln deutlich zum Ausdruck. Das heilige Jahr, so sagte er am Vortag der Abreise während eines Mittagessens in der kanadischen Botschaft, werde ein bedeutendes Ereignis in der Geschichte der Christenheit darstellen.

Guys Artikel sollten die Christen aus Quebec dazu ermuntern, an den organisierten Pilgerreisen teilzunehmen. Waren einige seinen Ratschlägen gefolgt? Niemand weiß es, doch genau ein Jahr später, am 27. Oktober 1950, reist eine Gruppe kanadischer Pilger nach Lourdes. Drei Tage zuvor ist die Gruppe mit dem Passagierschiff *Columbia* in Lissabon angekommen. Nach der Besichtigung von Fatima und Lourdes folgt der zweite Teil der französischen Etappe, Paris und Lisieux. Höhepunkt der Pilgerreise ist eine Audienz am 13. November bei Papst Pius XII. im Vatikan. Dann geht es zum Flughafen Ciampino, von wo aus sie ein Flugzeug nach Paris zurückbringen wird. Die Maschine, eine DC-4 der Curtiss Reid Flying Services, hebt um 14 Uhr 16 ab. Eine Stunde später prallt sie mit voller Wucht gegen den Gipfel des Grande Tête de l'Obiou südlich von Grenoble in der Nähe von La Salette. Es gibt keine Überlebenden. Die Rettungsmannschaften erreichen das Wrack am nächsten Morgen und können nur noch das Ausmaß der Tragödie feststellen. Die aberwitzigsten Theorien über die Unglücksursachen zirkulieren, manche behaupten sogar, russische Spione hätten versucht, das Flugzeug umzuleiten, da den Pilgern für die USA bestimmte Geheimdokumente des Vatikans anvertraut worden seien.

21

Großer Pomp

Krokodile finden sich nicht auf Beerdigungen ein,
denn sie können nicht weinen.

Francis Picabia

Orly, den 8. November 1949 – Die Fluggesellschaft Air France begeht mit großem Aufwand den zweitausendsten Atlantikflug. Zur Feier des Tages gibt es anstatt des üblichen Bordmenüs Champagner, Kaviar und Hummer.

Paris, den 9. November 1949, Église Saint-Augustin – Am Vorabend der Bestattung wurden die elf Särge des Flugpersonals der Constellation F-BAZN in der Krypta der Saint-Augustin-Kirche aufgebahrt. Familienangehörige und Freunde, Unbekannte sowie offizielle Vertreter der Ministerien und der Fluggesellschaft haben sich um 11 Uhr versammelt, um den verunglückten Mitgliedern der Besatzung die letzte Ehre zu erweisen. In der Mitte des Kirchenschiffs, unter den Bögen, von denen die großen schmiedeeisernen Kronleuchter, wie zu einer Blüte angeordnet, herabhängen, stehen bis vor den Altar die Kollegen der Fluggesellschaft Spalier. Sie tragen die Uniform mit dem Seepferdchen-Emblem der Air France, das intern den Spitznamen »die Garnele« hat. Saint-Augustin ist eine Narbe im Herzen der französischen Hauptstadt, ein riesiger bizarrer Steinhaufen byzantinischer Anmutung, eine Mischung aus weißem Stein und schwarzem Metallgestänge, ein ebenso unzweckmäßiges Konstrukt wie Sacré-Cœur, die schmähliche Beleidigung der Kommunarden. Vor Beginn des Trauergottesdienstes treibt die Neugierde die Pariser in Scharen herbei, feierlich treten sie vor die Särge, und der Zustrom endet erst, als die Pforten geschlossen werden. Ganz vorne sitzen die Angehörigen, hinter dichten Schleiern und in dunklen Anzügen, ein paar Reihen dahinter die Funktionäre, und zwar ziemlich ranghohe: Max Hymans, Präsident und Geschäftsführer der Air France, einige Vertreter des Innenministeriums, der Präfektur, der Polizei, der Luftwaffe, ganz außen Inspektor Lévis-Mirepoix, der Fährmann dieser toten Seelen. Nachdem Monseigneur Leclerc die Absolution erteilt hat, zerstreut sich die Menge während der letzten lang gehaltenen Orgeltöne. Auf dem Vorplatz werden die Särge in Leichenwagen verladen und je nach Bestattungsort auf die Reise geschickt: Jean de La Noüe, der Kapitän, wird nach Pléneuf-Val-André im Département Côtes-du-Nord gebracht.

Zentrale Bestattungsbehörde, Boulevard Richard-Lenoir Nr. 66. Die Passagiere der Constellation müssen von ihren Familienangehörigen identifiziert werden. Auf jedem Sarg liegen die dafür erforderlichen Unterlagen. Erst danach können die Toten bestattet werden. Die fünf Hirten werden in Familiengräbern im Baskenland ihre letzte Ruhe finden, Amélie Ringler und René Hauth im Elsass, Paul Genser in L'Haÿ-les-Roses, Jo Longman in Bagneux, Ginette Neveu auf dem Pariser Friedhof Père Lachaise – wie auch jene sechs anonymen Toten, beigesetzt in dem eigens für sie errichteten »Mausoleum des unbekannten Passagiers«, da ihre Herkunftsländer den Rücktransport in die Heimat wegen Zweifeln an ihrer Identität verweigerten. Vermutlich handelte es sich um Remigio Hernandores, Hanna Abbott, Yaccob Raffo, Eghline Askhan, Mustapha Abdouni und James Zebiner, die somit zu Vaterlandslosen im Pariser Osten wurden.

Cimetière Saint-Laurent, Avenue Sainte-Croix 805, Montreal, Kanada – Die Leichname von Guy und Rachel Jasmin sind am 7. November in Montreal eingetroffen, zwei Tage später versammeln sich Journalisten aus ganz Québec in der Kirche Sainte-Madeleine d'Outremont, um dem Chefredakteur der Zeitung *Canada* und seiner Mutter die letzte Ehre zu erweisen. Alle Zeitungen des Landes, ja sogar das *Time Magazine* aus New York hat einen Vertreter entsandt. Sein Freund Arthur Prévost verliest eine Postkarte, die Guy am Vorabend seiner Rückreise abgeschickt hatte.

10. November, Casablanca, Notre-Dame-de-Lourdes – Seit zwei Tagen defilieren die Einwohner Casablancas ununterbrochen am Sarg des Boxers vorbei. Es ist ein leidenschaftlicher Schmerz, der Schlagschatten der siegreichen Heimkehr. Eine lange Schlange windet sich auf den baumbestandenen Alleen im Parc Lyautey. Unter der grellen marokkanischen Herbstsonne warten die Menschen mit bestürzten Gesichtern und finsteren Mienen geduldig darauf, sich für einen kurzen Augenblick sammeln zu dürfen. Auch nachts reißt der Besucherstrom nicht ab, und rings um den mit einem großen C verzierten und von einem Boxring umstandenen Sarg stapeln sich Blumengebinde und Kränze. In regelmäßigen Abständen räumen die Aufseher diese Gaben weg. Bereits zehn Kondolenzbücher wurden vollgeschrieben. Casablanca hält inne, die Bestattungsfeierlichkeiten nehmen geraume Zeit in Anspruch, der Schmerz ist groß.

Am 10. November um 10 Uhr morgens findet in der Kirche Notre-Dame-de-Lourdes die Beisetzung des Boxchampions statt. An die fünfzig Taxis sind vonnöten, um die Blumen und Kränze herbeizutransportieren. Der Autokorso in Richtung Anfa mutet wie eine Militärparade an. Ein wunderschöner Herbsttag, der zum allgemeinen Feiertag erklärt wurde, siebzigtausend Menschen haben sich vor der Kirche versammelt. Die königliche Familie Marokkos ist anwesend, Madame Generalin Juin, Monsieur Francis Lacoste, der Gesandte des französischen Außenministeriums, Monsieur Négrier, Kabinettschef, Monsieur Grémaux, Präsident des französischen Boxsportverbands. In den ersten Reihen die Familie Cerdan, Marinette und ihre drei Kinder, die Cousins, Onkel und Tanten, Freunde. René Cerdan, angehender Boxprofi und diesen Sommer noch Marcels Sparringspartner, versprengt das Weihwasser, er ist untröstlich und bricht vor dem Sarg zusammen. Auch der ehemalige Boxmanager Lucien Roupp wohnt der Zeremonie bei. Nach der Bestattungsfeier setzt sich der Trauerzug in Richtung Cimetière Ben M'Sik in Bewegung. Der Priester spricht das Totengebet, und die Totengräber werfen die ersten Schaufeln Erde ins offene Grab.

Rückkehr zur Zentralen Bestattungsbehörde, Boulevard Richard-Lenoir Nr. 66 – Ginette Neveus Begräbnis ist für den 9. November auf dem Friedhof Père Lachaise vorgesehen. Der Leichnam ihres Bruders Jean wurde nicht geborgen. Das Familiengrab befindet sich in der 11. Abteilung, auf dem Grabstein ist das Relief einer Violine zu erkennen, auf einer Stele ist ein Bronzemedaillon eingelassen, ein Porträt der Geigerin im Profil, auf dem zu lesen steht:

HIER RUHT
GINETTE NEVEU
1919–1949

ZUM GEDENKEN AN JEAN NEVEU
IHREN BRUDER
1918–1949

BEIDE OPFER
DES FLUGZEUGABSTURZES
ÜBER DEN AZOREN
AM 28. OKTOBER 1949

Doch wird die Bestattung abgesagt. In der Zentralen Bestattungsbehörde weigert sich Marie-Jeanne Ronze-Neveu, den Leichnam ihrer Tochter zu identifizieren.

22

Aus der ganzen Welt

Lerne zu verkaufen zu kaufen wiederzuverkaufen.

Blaise Cendrars
Du bist schöner als Himmel und Meer

Fliegen ist ein Luxus. Die baskischen Hirten und Amélie Ringler, die Spinnerin aus Mülhausen, sind die einzigen Passagiere aus der Arbeiterschicht an Bord. Die Basken verdanken diesen Umstand einem Vertrag mit den Amerikanern, Mademoiselle Ringler der Fürsorge einer Patin. »Das Flugzeug der Stars«, wirbt die Air France in ihren Prospekten, die Reisenden der Constellation sind Privilegierte, eine Elite. Fliegen ist außerdem die moderne Art des Reisens der unter Zeitdruck stehenden Privatpersonen und Geschäftsleute. Am 27. Oktober gehen in Orly die auf Import-Export spezialisierten Handelsvertreter der Neuen Welt an Bord. Eine babylonische Sprachenvielfalt: die in den Zeitungen in großen Lettern abgedruckte Liste lässt erkennen, dass Passagiere aus aller Welt von dem Unglück betroffen sind. Ein Sinkstoff der Welt, der auf folgende chemische Formel gebracht werden könnte:

John Abbott, 54 Jahre, kam zusammen mit seiner Frau Hanna, 34 Jahre, aus Syrien zurück. Sie hatten einen Monat zuvor geheiratet und lebten in Butte, Montana.

Mustapha Abdouni, 27 Jahre, aus Syrien stammender Bauer, wollte zu seiner Frau nach Logan fliegen, um dort zum ersten Mal seinen 21 Monate alten Sohn zu sehen.

Eghline Askhan, 34 Jahre, türkischer Importhändler.

Joseph Aharony, 45 Jahre, israelischer Anwalt.

Edward Gehring, 29 Jahre, amerikanischer Fabrikant.

Remigio Hernandores, 49 Jahre, kubanischer Industrieller.

Emery Komios, 32 Jahre, amerikanischer Anwalt.

Yaccob Raffo, 23 Jahre, irakischer Chauffeur.

Maud Ryan, geborene Gibrat, 53 Jahre, hatte 1919 einen amerikanischen Soldaten geheiratet. Sie kam von einem Familienbesuch in Frankreich, ihr Wohnort war Atlantic City.

Margarida Sales, geborene Castel, 39 Jahre. Ihr Mann, Philipp Sales, 40 Jahre, war Exporteur aus New York.

Raoul Silbernagel, 59 Jahre, Präsident der Selsi Company aus New York, einer Importfirma für optisches Zubehör, befand sich auf dem Rückweg von einer Geschäftsreise nach Paris. Seine Frau hoffte bis zuletzt, dass er überlebt habe, und rief in der Ankunftshalle in New York den Journalisten zu: »Wenn jemand überlebt hat, dann mein Mann – er hat immer riesengroßes Glück!«

Irene Savanich, 57 Jahre, aus Detroit, Witwe, jugoslawische Immigrantin, war auf der Rückreise von einem Besuch bei ihrer Mutter.

Edward Supine, 39 Jahre, Importeur für Spitzen aus Brooklyn, kehrte von einem Besuch der Werkstätten in Calais zurück.

James Zebiner, 52 Jahre, Geschäftsmann aus Mexiko.

23

Rot für Ginette, Grün für Amélie

Zweimal durchschritt ich triumphierend den Acheron:
Schlug im Wechselspiel des Orpheus Leier,
Mal zu den Seufzern der Heiligen,
Mal zu den Schreien der Fee.

Gérard de Nerval, *El Desdichado*

Der Körper der jungen Frau im Leichenschauhaus, dieses bleiche Gesicht und das grüne Kleid, nein, das ist nicht ihre Tochter, auf keinen Fall. Diese Fingernägel sind viel zu lang, Ginette hatte sie immer kurz geschnitten, damit sie sie nicht beim Spielen behinderten. Man versucht Marie-Jeanne Ronze-Neveu zur Vernunft zu bringen und tischt ihr sogar die Legende der nach dem Tod immer weiterwachsenden Haare und Nägel auf. Die Stimmung ist gedrückt, die Beamten sprechen gedämpft, reden Madame Ronze-Neveu gut zu, sie sind sich ihrer Sache ganz sicher. Es hilft nichts. Dieses Kleid gehörte nicht ihrer Tochter, diese Kette mit der ägyptischen Medaille, die habe sie noch nie gesehen, der schlanke, magere Körper der Toten ähnele in nichts ihrer Ginette mit den breiten Schultern. Sie beharrt darauf, wird ungehalten und die Leiche schließlich ins Gerichtsmedizinische Institut gebracht. Nach einer Analyse der Zähne ist jeglicher Zweifel ausgeräumt. Es handelt sich nicht um Ginette Neveu. Unter den wenige Stunden später im »Mausoleum des unbekannten Passagiers« Aufgebahrten sucht man vergeblich nach der Virtuosin. Von den sechs versehrten Leichnamen ist einer eine Frau, bei der es sich offensichtlich nicht um Ginette handelt. Zum Kummer über das Ableben kommt nun noch die Qual der mysteriösen Umstände. Das Unglück der Familie Neveu ist schwer in Worte zu fassen, als feststeht, dass die Leichen ihrer Kinder nicht geborgen wurden.

Ein Irrtum sei nicht auszuschließen, räumt man ein. Ginettes Schwager, Monsieur Barret, nimmt die Ermittlungen selbst in die Hand. Er überprüft die Verzeichnisse der Fluggesellschaft, listet die infrage kommenden Frauen zwischen zwanzig und dreißig auf: Amélie Ringler, die Spinnerin aus Mülhausen, siebenundzwanzig Jahre; Hanna Abbott aus Syrien, vierunddreißig Jahre; Françoise Brandière, Studentin für französisch-kubanisches Recht, einundzwanzig Jahre; Thérèse Etchepare, baskische Hirtin, einundzwanzig Jahre; Suzanne Roig, Stewardess, dreißig Jahre. Ein Indiz hat er indes: die ägyptische Medaille. Und so telefoniert er die einzelnen Familien ab. Am 26. November erreicht er Xavier Ringler, Amélies

Vater. Das Schmuckstück gehört seiner Tochter. In Tränen aufgelöst, berichtet der Mann, dass sie am 11. November auf dem Friedhof von Bantzenheim begraben worden sei. Nachdem er beim Polizeipräsidium des Département Haut-Rhin angerufen hat, fährt Barret auf der Stelle nach Mülhausen, zur Wohnung der Familie Ringler in der Passage Marignan 24. Man führt ihn an das Grab der Verunglückten. Um acht Uhr morgens heben die Mitarbeiter der Friedhofsverwaltung den Zinksarg aus und öffnen ihn mit Stemmeisen. Kein Zweifel, das rote Kleid mit den beigefarbenen Ärmeln ist das seiner Schwägerin Ginette. Ein Leichenwagen überführt den Sarg nach Paris. Am 29. November versammelt sich die Trauergemeinde auf dem Friedhof Père Lachaise, 11. Abteilung, dort findet Ginette Neveu endlich ihre letzte Ruhestätte, nur wenige Gräber von Frédéric Chopin entfernt. Zur selben Zeit fährt Xavier Ringler nach Paris, um den Leichnam seiner Tochter Amélie zu identifizieren, einige Tage später wird in Bantzenheim ein neues, endgültiges Grab ausgehoben. Das andere bleibt leer, nur ein unscheinbares hölzernes Kreuz erinnert an den Fluch des roten und des grünen Kleides.

24

Prosopopöie

Geschriebene Küsse kommen nicht an, sondern werden von Gespenstern auf dem Weg ausgetrunken.

Franz Kafka, *Briefe an Milena*

Die Ergebnisse der Untersuchungen lassen keine Rückschlüsse zu, wie sich die Tragödie auf den Azoren abgespielt hat. Die metallischen Eingeweide des Flugzeugrumpfs haben nichts von dem Geheimnis der Constellation preisgegeben. Wie gelangte die Maschine auf die Nachbarinsel São Miguel, und welcher Wettstreit der Umstände führte dazu, dass sie gegen den Berggipfel prallte? Welcher Teufel bewirkte, dass es aufgrund einer äußerst unwahrscheinlichen Verkettung von Fehlern zu dieser Katastrophe kam?

»Äußerst unwahrscheinlich«, heißt es, und doch stürzen sich alle auf diesen Zufall, spüren seinen Verästelungen nach, um ihm alles Schicksalhafte zu nehmen. Es sind zwei Gesetzmäßigkeiten, die den Lauf der Geschichte des Fliegens bestimmen und innerhalb der öffentlichen Meinung konkurrieren: das Gesetz der Serie und Murphy's Law. Ersteres ist eine Blindheit für glückliche Ereignisse und eine Überbewertung der über die Bildschirme flimmernden Katastrophenszenarien. Zweiteres ist die logische Konsequenz davon, die absurde Überzeugung, eine Folge von Fehlern führe notwendigerweise zu einem großen Unglück: »Alles, was schiefgehen kann, wird auch schiefgehen.« Die Überzeugung, dass immer das Schlimmste eintreten werde, beherrscht auch die Regeln des Flugverkehrs: der Statistik zu entgehen, indem man auf die größtmögliche Vorsicht setzt. 1949 lassen sich die Toten noch nicht zum Sprechen bringen. Der Vorläufer der Blackbox, der »Hussenograph«, ein von dem Franzosen François Hussenot erfundenes Gerät, das zwar fotografieren, aber keinen Ton aufzeichnen kann, hat sich seinerzeit nicht durchgesetzt. Und so können sich die Ermittler der Air France neben der Auswertung der Flugzeugtrümmer lediglich auf die Funkprotokolle vom Tower stützen. Als diese beiden Quellen ausgeschöpft sind, versucht man eine Rekonstruktion des Flugverlaufs in Echtzeit, um der Lösung des Rätsels näher zu kommen. Das Geisterflugzeug, eine Lockheed Constellation mit dem Kennzeichen F-BAZO, fliegt genau dieselbe Strecke und versucht gewissermaßen in einen Dialog mit dem abgestürzten Stelzvogel auf den Azoren zu treten. Rein stilistisch betrachtet, ist das Flugzeug, das sich da am 7. Dezember 1949 vom Flughafen Orly aus in die Lüfte erhebt, eine Prosopopöie, das heißt eine

Personifikation abwesender Personen oder lebloser Dinge. Dieses Buch ist keine. Dieses allwissende Ich, das in die Rollen der Opfer schlüpft wie in die Kostüme eines historischen Theaterstücks, gibt es nicht, es ist eine Fiktion. Die Besatzung des Geisterfliegers wurde durch ministeriellen Erlass festgelegt und im Amtsblatt vom 9. November 1949 veröffentlicht. Der Inspektor für zivile Luftfahrt, Lévis-Mirepoix, gehört ihr ebenso an wie Fournier, der Chefingenieur der Fluglinie. Außerdem mit an Bord: Maurice Bellonte, Direktor der Abteilung »Untersuchung von Unfällen und Sicherheit«, und Jean Dabry, ein Pilot vom Schlag Jean de La Noües, er fliegt die Maschine. Hinzu kommen Spezialisten der Flugnavigation und ein Ingenieur des nationalen Wetterdienstes Météo France, außerdem Vertreter des Flugzeugbauers Lockheed Aircraft. Das Zeugen-Flugzeug startet um 16 Uhr in Orly.

F-BAZO und F-BAZN boxen in derselben Gewichtsklasse: Mittelgewicht. F-BAZO, 28 415 Kilogramm schwer, hat die Zulassung am 27. Februar 1948 erhalten und schafft seit dem 21. März desselben Jahres die Strecke Paris–Saigon mit Zwischenlandung in Kairo, Karatschi und Kalkutta in 67 Stunden. Das Flugzeug war Teil der Kolonialflotte, fünf Jahre später wurde Indochina in die Unabhängigkeit entlassen. F-BAZN wiegt 27 835 Kilogramm, hat seine Zulassung am 26. Februar 1947 erhalten und wurde am 6. April

1949 bei einer heftigen Landung auf dem Flughafen Orly beschädigt – die linke Tragfläche war an der Spitze im Bereich des Entfrosters auf zwei Metern Länge lädiert, die Oberseite eines Teils der linken Tragfläche hinten auf 20 Zentimetern verbeult, ebenso auf drei Zentimetern direkt unterhalb des Spants und des Querruderscharniers. Abgesehen von diesen Details sind die beiden Flugzeuge identisch, F-BAZO erfüllt perfekt die Rolle des Sparringspartners und schickt sich an, auf der Südamerikaroute eine Art Schattenboxen oder, besser gesagt, einen Schattenflug auszuführen, der für den Bericht der Untersuchungskommission gedacht ist. Der Spektralverlauf bekommt allerdings eine Delle im Vergleich zur Diagonale des 27. Oktober, da zwei Zwischenstopps eingelegt werden, der erste in Madrid, wo Vertreter der spanischen Luftwaffe zusteigen, der zweite in Lissabon, wo der Direktor des portugiesischen zivilen Luftverkehrs und der staatliche Beauftragte für die Luftfahrt an Bord gehen.

Tote zu Wort kommen zu lassen, Tische zu bewegen und Seelen herbeizurufen, um ihnen ein letztes Geheimnis zu entlocken. Das Krebsgeschwür der Überlebenden, zerfressen vom Verlust, von innerer Leere und Überdruss. Die Armee der Untröstlichen, die von toten Gräbern ein Zeichen erflehen, mitten in der Nacht werden sie aus dem Schlaf gerissen, gequält von so gegenwärtiger Abwesenheit. Édith Piaf steigt tief hinab ins Reich der Toten, sie ist überzeugt davon, den Boxer zu finden. »Ich habe die Gewissheit, dass Marcel lebt und auf mich wartet«, sagt sie. Der Flugzeugabsturz wird zur Obsession, das Menetekel ihres Schicksals: »Zum ersten Mal habe ich geliebt, und schon nimmt man mir alles. Man bricht mir das Herz, reißt es mir heraus. Man zermalmt es. Ich möchte sterben, aber ich habe Angst, ihn nicht wiederzufinden, wenn ich mich umbringe«, schreibt sie an ihren Freund, den Schauspieler Robert Dalban. Anfang Dezember 1949 bekommt sie einen Anruf von Marie-Jeanne Ronze-Neveu. Ein intensives Gespräch, das Édith in die Länge zu ziehen versucht, endlich hat sie eine verwandte Seele gefunden, die ihr zuhört. Ginettes Mutter erzählt ihr, wie sie eines Abends, es sei schon spät gewesen, mit ihrer Tochter in Kontakt getreten sei, und zu wissen, dass sie ihren Frieden habe, bereite ihr große Genugtuung. Gierig, aber auch voller Neid saugt Édith die Informationen auf. Warum sollte es ihr nicht ebenfalls gelingen, Marcel wiederzufinden? In plötzlichem religiösen Übereifer geht sie ständig in die Kirche, kauft einen Rosenkranz, sucht eine Synagoge auf, wendet sich an Magier, Hellseher, Scharlatane jeglicher Couleur. Bei einem amerikanischen Trödler stöbert sie den lang ersehnten kleinen runden Tisch auf, die Brücke ins Jenseits. Michel Emer, der Freund und Komponist des Chansons

L'Accordéoniste, erzählt ihr von den spiritistischen Sitzungen, die Victor Hugo auf Guernsey abhielt. Die nächtlichen Anrufungen im Hauteville House, der sich drehende Tisch als Verbindung zu seiner verstorbenen Tochter Léopoldine. Ein dreibeiniges Tischchen, das bis zu viertausend Wörter diktierte. All die Geister, die außerdem den Salon des Dichters bevölkerten: Chateaubriand, Dante, Aischylos, Rousseau, Machiavelli. André Chénier kommt, um letzte Hand an Hugos unvollendetes Sonett zu legen, Shakespeare diktiert ihm ein neues Drama in die Feder, *La Forêt mouillée*. Der Tisch oder, wie Hugo ihn bezeichnet, »das Sprachrohr des Schattens« ermunterte ihn, sein Werk fortzusetzen, »morgen soll der Roman fertig sein«, telegraphiert er lapidar.

Édith hofft, dass Marcel ihr vergibt, sie fühlt sich schuldig, denn sie war es ja, die ihn zu sich bestellt, ihn gebeten hat, eher zu kommen, das Flugzeug am 27. Oktober zu nehmen, sie glaubt, ihm wegen ihrer Launenhaftigkeit das Leben geraubt zu haben. Sie selbst leidet unter Flugangst, und wenn ihre Freunde sie zu beruhigen versuchten und ihr sagten, dass ihre Stunde sicherlich noch nicht gekommen sei, erwiderte sie: »Und wenn die des Piloten gekommen ist?« Weshalb, so fragt sie sich, hat sie diese Angst vergessen und sich von ihrer Ungeduld, ihrem Egoismus hinreißen lassen? Nach zahlreichen Séancen erscheint ihr Marcel tatsächlich. Er spricht zu ihr, beruhigt sie – fürs Erste. Doch das Wiederhören ist nur von kurzer Dauer, das magische Tischlein wischt die erste Anfrage beiseite und wirft ihr Knausrigkeit vor. Das kleine Möbelstück wird zum Finanzberater, hauptsächlich zugunsten ihrer mormonischen Vertrauten. Der Mittler wird Meister, Édith wird stutzig, wendet sich ab. Die Toten wird sie nicht mehr sprechen lassen.

Einer Legende zufolge ist die Entstehung des Liedes *L'Hymne à l'amour* mit dem Tod Marcel Cerdans verknüpft. Doch das stimmt nicht, denn das Chanson wurde im Frühjahr 1949 für Yvette Giraud geschrieben, eine junge Sängerin, die Édith unter ihre Fittiche genommen hatte. Ihre Hymne auf Cerdan – *La Belle Histoire d'amour* – folgte 1959: *C'est ta voix que j'entends, / C'est tes yeux que je vois, / C'est ta main que j'attends, / Je n'appartiens qu'à toi* (*Ich höre nichts als deine Stimme, / Ich sehe nichts als deine Augen, / Ich warte stets nur auf deine Hand, / Gehöre stets nur dir allein*).

Vier Jahre vor ihrem Tod schreibt die Piaf in ihrer Autobiographie *Au bal de la chance*: »Ich hätte Tausende von Kilometern zurückgelegt, um die große Ginette Neveu spielen zu hören.«

25

Neueste Nachrichten aus dem Elsass

Weißt du, wo sie mich hinschicken werden?
Vor die Maginotlinie: das ist ein Himmelfahrtskommando!

Jean-Paul Sartre, *Zeit der Reife*

Gern verließ René Hauth seinen Posten als Generalsekretär der *Dernières nouvelles d'Alsace*. Vom Generalstab der französischen Armee eingezogen, trat er im Januar 1940 dem Spionagedienst an der luxemburgischen Grenze bei. In Longeville-lès-Metz befand sich das Trainingslager des *Bureau Régional des Études Militaires*. Diese Behörde, unmittelbar bei den Vorposten der Maginot-Linie gelegen, überwachte die Spionage der Deutschen auf der anderen Seite der Grenze. Im Wechsel mit seinem Komplizen Auguste Clément verbrachte René Hauth ganze Nächte damit, Codes zu knacken, Bericht um Bericht zu verfassen und widersprüchliche Angaben zu kennzeichnen, um irgendwann Datum, Uhrzeit und Ort der Invasion zu erraten und sich auf eine Überraschungsoffensive vorzubereiten. Anfang April 1940 war er mit Einverständnis der luxemburgischen Regierung an der Einrichtung eines Alarmsystems beteiligt, das im Falle eines Angriffs das existierende Telefonsystem ersetzte; zahlreiche Kurzwellensender und -empfänger waren entlang der luxemburgischen Grenze postiert. Nach dem Ersten Weltkrieg hatte René an das Ende aller Kriege geglaubt, als überzeugter Pazifist und Journalist beim *Progrès civique* prangerte er die Profiteure des Kriegs an und pries das Wiedererstarken des Völkerbunds. Er sah sich selbst als radikalen Sozialisten und war bestrebt, »eine anständige Zeitung für anständige Leute« zu publizieren, wie der Werbeslogan des wöchentlich erscheinenden Blattes lautete. Mittlerweile war der Glaube an einen auf Dialog und Versöhnung basierenden Weltfrieden meilenweit von der Realität entfernt, die auf gegenseitigem Betrügen und Täuschen beruhte. Er befürchtete die Wiederkehr der Schützengräben und war in keiner Weise von dem Verteidigungssystem der Generäle überzeugt, vom Mythos der unüberwindlichen Maginot-Linie, mit diesem Märchen konnte man allenfalls die Landser einwickeln, sagte sich der Mann, der ständig die Vorbereitungen der Wehrmacht überwachte. Ein gewaltiger Angriff stand bevor, dem die am Chemin des Dames aufgepflanzten Bajonette nicht standhalten würden wie einst, die Panzer würden den altmodischen Widerstand niederwalzen und das Gesetz des Blitzkriegs installieren.

Um 4 Uhr 30 überquerte die deutsche Armee

die luxemburgische Grenze, und wie vorgesehen fing das Alarmsystem den Ausfall des Telefonsystems ab. René verfolgte an Ort und Stelle das Vorrücken der Truppen und den Rückzug der alliierten Soldaten. Am Nachmittag wurde beschlossen, von einem Gegenangriff abzusehen und einen Teil der Einwohner wie auch die Regierung des Nachbarlandes und deren königliche Familie nach Frankreich zu evakuieren. In Begleitung von Lieutenant Doudot koordinierte er die Beseitigung der Hindernisse auf der Straße zwischen Rodange und Longwy, um den Exodus der Bevölkerung zu erleichtern. Dann sah er sich mit einer Mission von höchster Wichtigkeit betraut – er sollte dafür sorgen, dass die Großherzogin von Luxemburg, Charlotte, sicher außer Landes gebracht wurde. Geheimhaltung aus Gründen der Landesverteidigung. Er betrachtete diese Flucht nach Varennes als eine militärische Glanzleistung, eine Gegenrevolution von Repräsentanten einer untergegangenen Welt, die in gerade einmal vierundzwanzig Stunden ihre Koffer packten und sich durch die Hintertür verabschiedeten. Er hatte den Auftrag, den Konvoi bis Longwy-Haut zu begleiten, wo Capitaine Archen ihn ablöste und die königliche Familie in die Dordogne zum Château de Montastruc führte.

Es begann der Sitzkrieg, und René meldete sich freiwillig für eine Mission auf dem Balkan. Über diese Reise wissen wir nichts, als guter Spion hatte er seine Frau Marguerite gebeten, alle Unterlagen vor seiner Abreise zu verbrennen. Am 17. Juni beendete der Waffenstillstand der französischen Armee das Ende seiner Mission als Doppelagent. Anfang Juli traf er sich mit seiner Frau und seinem Bruder in Lyon und verkündete ihnen sein Vorhaben, in die USA zu gehen, wo er sich den Forces françaises libres, den Freien französischen Streitkräften, anschließen wollte. Seine Familie würde im Elsass in der Obhut seines Bruders bleiben. Fünf Jahre lang versuchte er mit allen Mitteln, den Geheimdiensten der Alliierten beizutreten: Seine elsässische Herkunft erwies sich dabei als Hindernis. Daher führte er ein Doppelleben, stand Schlange vor den Behörden, kaufte eine Wohnung und schaffte es schließlich, Hilfsarbeiten für die amerikanischen Spionagedienste zu verrichten – Entziffern von Geheimcodes, Übersetzungen, Funkstörungen –, Kleinigkeiten, die mit den Geheimnissen der Enigma-Maschine so gut wie gar nichts gemein hatten.

Am 8. Mai 1945, als der Krieg zu Ende war, schiffte sich René auf dem ersten Dampfer Richtung Frankreich ein. Er hatte nur eins im Sinn, seine Frau davon zu überzeugen, in die USA zu immigrieren, und einen Posten beim *Combat* oder der *Aurore* zu finden. Es wurde ein kurzes Gespräch, Auswandern komme nicht infrage, sie warte jetzt seit fünf Jahren auf seine Rückkehr. Also schickte er sich ins Unvermeidliche und bezog wieder seinen Posten als Herausgeber der *Dernières nouvelles d'Alsace* in der Rue de la Nuée-Bleue 17. Im Oktober 1949 – mittlerweile hatte er sich mit seinem Leben im Elsass abgefunden – beschloss er, das Haus in New York zu verkaufen. Ein letztes Mal musste er noch dorthin reisen, um die Formalitäten zu regeln.

Am 27. Oktober besteigt René Hauth die Maschine F-BAZN der Air France und begräbt seinen Traum von Amerika.

Im November ruft ein Mitarbeiter der Air France bei Familie Hauth an. Renés Witwe nimmt den Hörer ab, man erklärt ihr die Situation. Die Leiche ihres Mannes könne nicht identifiziert werden. Was ihr lieber sei: dass er in einem Gemeinschaftsgrab auf dem Père Lachaise bestattet werde oder dass man einen leeren Sarg in die Heimat überführe? Ihr Schwager hört das Gespräch mit an – ausgeschlossen, dass René einer dieser Namenlosen ohne eigenes Grab sein soll. Sein Cousin René Fontaine, Professor für Medizin, versichert, er könne den Toten identifizieren, und erbietet sich, in Begleitung des Zahnarztes des Verstorbenen das Leichenschauhaus am Boulevard Richard-Lenoir aufzusuchen. Sie erkennen den Toten sofort, und es bedarf keiner weiteren medizinischen Analyse, in einer Tasche finden sie Renés Pass. Der Ehering fehlt. Haben ihn die Plünderer in den Bergen abgezogen? Schreckliche Erzählungen machen die Runde, voller Entsetzen wird sogar von abgehackten Fingern berichtet. Bei ihrer Rückkehr kann Marguerite sie beruhigen. René spielte oft Golf, und dabei störte ihn der Ring. Sie waren übereingekommen, dass sie beide Ringe trug.

26

Symphonie für Flugzeug solo

Die Maschine hat heute nicht nur in der tosenden Atmosphäre der Großstädte, sondern auch auf dem vor kurzem üblicherweise noch ruhigen Land eine solche Vielzahl und ein derartiges Zusammentreffen von Geräuschen geschaffen, dass der reine Ton in seiner Spärlichkeit und Eintönigkeit nirgendwo mehr Gefühlsregungen hervorruft.

Luigi Russolo, *Die Kunst der Geräusche*

Am 5. Oktober 1949 wird Pierre Schaeffers erstes Werk *Cinq études de bruit* im Radiosender RTF übertragen. Ein »Geräusch-Konzert«, das aus fünf Einzelsätzen besteht: *Déconcertante ou Étude aux tourniquets* (Verwirrend oder Etüde mit Drehkreuzen); *Imposée ou Étude aux chemins de fer* (Aufgezwungen oder Eisenbahn-Etüde); *Concertante ou Étude pour orchestre* (Abgestimmt oder Orchester-Etüde); *Composée ou Étude au piano* (Zusammengesetzt oder Klavieretüde); *Pathétique ou Études aux casseroles* (Pathetisch oder Kochtopf-Etüde). Zusammen mit Pierre Henry gründet Schaeffer die *Groupe de Recherche de*

Musique Concrète (GRMC), und gemeinsam nehmen sie *Symphonie pour un homme seul* (Sinfonie für Mensch solo) auf, zwei Teile des Werks sind überschrieben mit »Prosopopöie«. Ihre Studien konzentrieren sich auf die Anordnung von Geräuschen, das Sammeln von Geräuschen aus der Alltagswelt, die, aneinandergereiht, ein durchgehendes Klangband bilden, kurzum, Musik. Im Dezember 1949, als das Flugzeug F-BAZO am Himmel den dramatischen Flug der Maschine F-BAZN nachahmt, um den Geschehnissen auf die Spur zu kommen, umreißt Pierre Schaeffer jene Kunst der Geräusche in der Zeitschrift *Polyphonie* mit dem Begriff »konkrete Musik«. In seinem Manifest der belebten Klänge schreibt er: »Diese Komposition auf der Basis vorab aufgezeichneter experimenteller Geräusche bezeichne ich aufgrund der Entstehungsweise als konkrete Musik, um zu unterstreichen, dass wir uns in einem Zusammenhang befinden, und zwar nicht von vorgefertigten abstrakten Klängen, sondern vielmehr von ganz konkreten Klangfragmenten, die als genau definierte und vollständige Töne betrachtet werden.«

Jetzt werden Sie fragen: Was hat das alles mit dem auf den Azoren zerschellten Flugzeug und dem von der Untersuchungskommission der Air France bemannten Mimikry-Flug zu tun? Ich antworte Ihnen: Nicht viel, um ehrlich zu sein, abgesehen von einer gewissen Verwandtschaft und – wie immer: Ironie des Schicksals und seltsame Koinzidenz – der Synchronizität gewisser Daten. In Anlehnung an Pierre Schaeffers *Étude aux chemins de fer* – einer Aufzeichnung von Dampflokomotiven – hätte jener Flug der F-BAZO in der Nacht vom 7. auf den 8. Dezember 1949 auch *Étude aux plans de vol* (Flugplan-Etüde) heißen können. Auch jene Inspektoren der französischen Luftfahrt in der Chromröhre der Constellation sind auf der Suche nach Klängen, Störungen, Schwankungen, Aussetzern des Grundtons, wie Komponisten spüren sie dem Geräusch und seinen Abweichungen nach, es sind Radioingenieure. Sie sind skeptisch, halten den Vergleich für übertrieben, und doch haben diese Männer den Auftrag, in einem Flugzeug kauernd, den Signalen der wie die Kiesel des kleinen Däumlings hintereinander aufgereihten Funkbaken auf der Südroute nach Amerika zu lauschen. Um diese aeronautische Musik zu hören, muss man schon in Harmonielehre bewandert sein. Der Flug der Untersuchungskommission wird uns eine hübsche Etüde liefern. Sein wichtigstes Ziel: mittels genauester Einhaltung der tragischen Flugroute des 27. Oktober sicherzustellen, dass die Funkbaken auf der Diagonale, die Orly von Santa Maria trennt, einwandfrei funktionieren. Eine Funkbake gibt Schiffen oder Flugzeugen die genauen Bodenkoordinaten an, die man im Französischen nicht ohne Poesie

»route sonore«, Klangstraße, nennt. Technisch besehen, ermöglichen diese Funkbaken, zwei lotrechte Routen auf den Himmel zu zeichnen, die sich im rechten Winkel treffen und so ein Kreuz bilden; das Signal befindet sich senkrecht über der Position der Funkbake.

***

Die auf diese Weise virtuell in den Himmel gezeichneten Linien setzen sich zu einem vertikalen Klangband zusammen, das aus großer Entfernung mit den Funkbaken am Boden verbunden ist. Deren optimale Reichweite hängt von den meteorologischen Gegebenheiten ab – bei schlechtem Wetter ist das Signal selbstverständlich schwächer. Wie wirkt sich diese tönende Landkarte im Inneren der Maschine aus? Ganz einfach, sobald das Flugzeug nach rechts von der vorbestimmten Flugroute abweicht, empfängt der Funker eine Serie langer Töne. Weicht es nach links ab, hört er eine Reihe kurzer Töne. Bleibt es aber auf der vorgegebenen Spur, vermischen sich die langen und die kurzen Töne zu einem Dauerton. Dass die Maschine F-BAZN gegen den Monte Redondo geprallt ist, zeugt von einer beträchtlichen Abweichung. Weshalb wurde sie so weit nördlich abgelenkt, und weshalb hat der Tower in Santa Maria im Zuge des Landemanövers wenige Minuten vor dem Aufprall keine Warnung ausgegeben? Das ist es, was die Fluginspektoren während dieses simulierten Flugs herausfinden wollen.

Nach den Zwischenstopps in Madrid und Lissabon nimmt Jean Dabry, der Pilot am Steuer der F-BAZO, Kurs auf den Archipel, und an der Abzweigung vor den Azoren biegt er auf die tödliche Route seines Vorgängers ab.

27

Das 49. Opfer der Constellation

Jeder Verlust, das Weggehen eines beliebten Sängers oder Künstlers verwandelte sich unaufhaltsam in Nationaltrauer.

Stefan Zweig, *Die Welt von gestern*

Als Margarete Frömel 1931 bei einem internationalen Wettbewerb in Wien zum ersten Mal Ginette Neveu hörte, war sie überwältigt. Dieses zwölfjährige Mädchen, das sich mit seiner Interpretation der *Chaconne* von Bach nicht hinter seinen Konkurrenten – in der Mehrzahl Erwachsene – zu verstecken brauchte, rührte sie zu Tränen. Seitdem hatte sie keinen Auftritt der Virtuosin in Österreich versäumt und schnitt systematisch jeden Zeitungsartikel über sie aus. In einem großen Heft sammelte sie die Berichte über den Prix Wieniawski im März 1935, die Konzerte in Deutschland, die Tourneen nach Russland und in die USA. Eine Fotografie von Ginette in einem Passepartout schmückte dieses Album, das in ebenso kostbares Leder gebunden war wie die anderen Werke in der Stadtbibliothek im 9. Bezirk, deren

Direktorin sie war. Ihr Mann war an der russischen Front gefallen, zwei Jahre nach dem Anschluss war er der Wehrmacht beigetreten. Im Zuge der Besetzung Wiens im April 1945 war die Bibliothek zum Teil zerstört worden. Der Einmarsch der Roten Armee am 13. April bereitete der Besetzung durch die Nazis ein Ende. Die österreichische Hauptstadt war nur mehr ein Ruinenfeld, und der drei Tage dauernde Einfall der russischen Soldaten hatte sie traumatisiert.

Das Kriegsgeschehen beeinträchtigte auch die Wiener Philharmoniker schwer. Von 1935 an machte der Antisemitismus auch vor der Kunst nicht mehr halt. Drei Tage vor der Uraufführung der *Schweigsamen Frau* von Richard Strauss musste der Name des Librettisten Stefan Zweig von den Plakaten verschwinden. 1938 war das SS-Mitglied Wilhelm Jerger zum Leiter der Philharmoniker bestellt worden. Die Unterwanderung des Orchesters durch Nazis hatte den Ausschluss der jüdischen Mitglieder zur Folge, den Geiger Clemens Hellsberg und sechs andere Musiker hatte man ermordet, weitere zehn wurden in Konzentrationslager verschleppt.

Margarete hütete ihre EMI-Aufnahmen von Ginette Neveu wie einen Schatz, die Konzerte von Brahms und Sibelius, die Violinsonate von Debussy, den *Tzigane* von Ravel, die *Vier Stücke* von Suk und das *Poème* opus 25 von Chausson. Die 78er Schallplatten drehten sich endlos auf dem

Plattenteller, bis sie beinahe ausgeleiert waren. Die Faszination wurde zur Besessenheit. Als sie erfuhr, dass Ginette Neveu für eine Reihe von Konzerten nach Wien kommen würde, stürzte sie zur Konzertkasse, um sich eine Karte für jedes Konzert zu sichern. Sieben Abende lang lauschte sie hingerissen der Stradivari der Geigerin, und nach dem letzten Konzert gelang es ihr sogar, mit der Künstlerin zu sprechen. Eine Freundschaft schien sich anzubahnen, Ginette hatte ihr ihre Pariser Adresse gegeben, sie würden einander schreiben.

Am Abend des 31. Oktober 1949 schlägt Margarete die Tageszeitung *Die Presse* auf. Auf Seite 4 stößt sie auf einen Bericht über den Flugzeugabsturz auf den Azoren. Sie trennt Ginettes Fotografie aus dem Album, schneidet den Zeitungsartikel aus und schreibt darunter: »Ich bin verzweifelt …« Dann geht sie in die Küche, greift nach dem Schlauch des Gasherds, schiebt ihn sich zwischen die Zähne und öffnet den Hahn. Sie wird am 1. November entdeckt, auf dem Boden ausgestreckt, das Foto und den Artikel in Händen. Die Presse verbreitet die Nachricht weltweit. Sie geht als »das 49. Opfer der Constellation« in die Geschichte ein.

28

Das Nordlicht

Verweile nicht bei der Wagenspur des Erreichten.

René Char, *Feuillets d'Hypnos*

Sobald sie von Lissabon aus aufs offene Meer hinausgeflogen sind, beginnen die Mitglieder der Untersuchungskommission mit der Analyse der mit dem Funkkompass erhobenen Daten. Alles fließt darin ein: der Empfang der Funkbaken in dem Gebiet, mögliche Interferenzen mit den Sendern auf dem portugiesischen Festland, der Nachrichtenaustausch mit dem Tower auf den Azoren. Sie hoffen, dass sie am Ende wissen, warum die Constellation F-BAZN fast neunzig Kilometer von der vorgesehenen Route abwich. Die Untersuchung der Flugzeugtrümmer hat erwiesen, dass den Konstrukteur keine Schuld trifft. Mit dieser Flugsimulation folgen sie der einzigen verbleibenden Spur, die Umstände beim Anflug des Archipels zu rekonstruieren. Ohne Blackbox lassen sich die Fehler beim Navigieren nicht erfassen. Daher müssen die Experten jedes kleinste Detail auf der Strecke zwischen Lissabon und Santa Maria in Betracht ziehen.

Über dem Meer, einige Hundert Kilometer von Portugal entfernt, beunruhigt die Untersuchungskommission ein erstes, kleineres Problem. Das Flugzeug ist außerstande, das Signal BB7 vom Flugplatz in Santa Anna zu empfangen. Es wird überlagert von dem perfekt zu hörenden Signal aus Sevilla, obwohl Spanien Hunderte von Kilometern weit weg ist. Eigentlich hätte es genau umgekehrt sein müssen. Dieser Widerspruch bleibt während des gesamten Fluges bestehen, um 21 Uhr 53 weist das Display immer noch fünf Striche für vollen Empfang aus Sevilla aus, das Signal schwächt sich erst gegen 22 Uhr 22 leicht ab. Die Überschneidung der Signale führt zu einer signifikanten Abweichung von der Flugroute um Dutzende Kilometer in Richtung Norden, genau wie bei dem Unglücksflug des 27. Oktober. Anderthalb Stunden vor der Landung wird das Signal vom Tower in São Miguel endlich mit zwei Strichen auf der Fünfer-Skala empfangen, jedoch verschwindet es sogleich wieder für sieben Minuten, genau in dem Augenblick, als die Inspektoren der Air France den Pic Algarvia überfliegen. Die Fehlbarkeit der Funkverbindung, die durch die Überlagerung der Frequenzen aus Sevilla gegeben ist, scheint nun die wichtigste Spur zu sein. Ein Geheimnis bleiben allerdings die letzten Worte des Piloten: »I have the field in sight!« Welche Fläche mochte er gesehen haben? Was konnte er wenige Minuten vor dem Aufprall erspäht haben, was einer Landepiste mit ihren symmetrisch aufgereihten Lichtern glich?

Im Unterschied zu den Wetterbedingungen auf der Insel Santa Maria sind diejenigen in São Miguel am Abend des 27. Oktober besonders schlecht. Wir erinnern uns, wie überrascht die Piloten waren, als sie sich dem Archipel nähern und der Himmel auf einmal bedeckt ist, ganz anders, als es der Tower in Santa Maria wenige Minuten zuvor angekündigt hatte. Als der Pilot am Steuer zur Landung ansetzte, durchbrach er die dichte Wolkendecke und muss von den Lichtern des Dorfes Povoação, das seit kurzem mit Elektrizität ausgestattet war, irritiert worden sein. Die Scheinwerfer am Berg müssen wie ein Nordlicht gewirkt haben. Infolge der schlechten Sichtverhältnisse hatte der Pilot die Scheinwerfer am Gipfel des Berges offenbar für die Landebahn gehalten. Der Zufall übertraf sich selbst, als die Maschine nur wenige Meter unterhalb des Gipfels die Bergflanke streifte. »Gott würfelt nicht«, heißt es. In der Nacht vom 27. auf den 28. Oktober hat er einen Kniffel geworfen.

Am 26. Juli 1950 schickt die Untersuchungskommission ihren Bericht an das Verkehrsministerium. Sie kommt zu folgenden Schlussfolgerungen:

»Ohne eine Fehlinterpretation der Ereignisse vollständig ausschließen zu können, ist die Kommission zu der Überzeugung gelangt, dass der

Grund für die ungenaue Navigation der Maschine F-BAZN gegen Ende des Fluges einem plötzlich auftretenden und nicht zu vermutenden Ausfall einiger Elemente des Peilempfängers geschuldet ist, möglicherweise auch dem völligen Versagen desselben oder einer anormalen Ausbreitung der Signale. Hinzu kam eine trügerische Sicherheit des Flugpersonals aufgrund der Aussagen des Towers bezüglich der günstigen Wetterverhältnisse am Ankunftsort, was dazu führte, dass der Flugkapitän nicht auf die Position der Funkbaken achtete, wie er es unter widrigeren Wetterbedingungen zweifelsohne getan hätte. Das Ergebnis war eine optische Verwechslung in der Dunkelheit.«

F-BAZO hat seine Mission erfüllt, die Maschine ist wieder auf der Strecke Paris–Saigon für die Air France unterwegs. Und wie es der Zufall will, wird die Maschine 1971 verkauft und verschrottet – an einem 27. Oktober.

29

Hennessy versus Air France

Vor dem Unfall, da gab es für uns ein Leben,
ein richtiges Leben, das wirkliche Leben, so lausig es uns
auch vorkam, und nichts von dem, was danach kam,
hat auch nur das Geringste damit zu tun.

Russell Banks, *The Sweet Hereafter*

Spaziergang im Herbst am Ufer des Hudson, ein Laubteppich bedeckt die Wege, raschelnde Schritte auf roten und orangefarbigen Flecken; bei strahlender Wintersonne, den Kopf gesenkt, die Hände in den Taschen vergraben, den Gürtel des Mantels festgezurrt, ein nackter Baum sticht mitten auf der Promenade hervor; im Frühjahr zeichnen die Ruderer, mal rechts, mal links das Blatt eintauchend, Fluchtlinien ins Wasser; in der drückenden Hitze des amerikanischen Sommers springen, unter den Blicken der Mitglieder des Yachtclubs, Kinder ausgelassen ins Wasser.

Simone Hennessy hat es sich angewöhnt, jeden Sonntag einen Spaziergang von Livingston Manor bis zum Waterfront Park zu unternehmen, einer friedlichen Grünanlage, die vom Hudson durchschnitten wird. Zwei Stunden, die sie für sich allein hat, ihre beiden Töchter Eileen und Bridget sind dann bei ihrem Vater. Am Ende des Wegs liegt der Bahnhof, wo das hektische Werktagstreiben der Büroangestellten an diesem Tag einer einsamen Oase Platz macht. Simone setzt sich immer auf dieselbe Bank am Ufer. Sie kritzelt, stets auf Französisch, versprengte Gedanken in ein Heft, Haikus, passend zur Jahreszeit, es ist ihr Tagebuch, in dem sie niemals etwas nachliest, ihre Zeilen sind verdammt zum ewigen Präsens der Allgemeingültigkeit. Zwölf Jahre ist es her, seit sie sich in den USA niedergelassen und dem alten Europa den Rücken gekehrt haben, die Hennessys und die Broches, zwei namhafte Familien, ein prächtiger Verbund. Ihr Mann Patrick hatte in Manhattan ein Architekturbüro eröffnet, vor dem Krieg hatten sie am Washington Square gewohnt, doch nach der Geburt der Ältesten, Bridget, waren sie hinaus nach Dobbs Ferry in Westchester gezogen, eine Bilderbuchvorstadt, nur eine Zugstunde von Manhattan Downtown entfernt. Das Städtchen, Wiege der amerikanischen Revolution und Rückzugsort George Washingtons, war mittlerweile fest in der Hand von Bankern und Werbern. Nach Kriegsende hatte sich Patrick in gewinnbringende Immobiliengeschäfte gestürzt, er kaufte massenweise alte neogotische Villen und machte luxuriöse Appartements daraus. Sein letzter Coup, der Ankauf eines prächtigen Herrenhauses aus dem 19. Jahrhundert am Beacon Hill

Drive Nr. 155, das direkt aus Orson Welles' *Der Glanz des Hauses Amberson* zu stammen schien und in dessen düsterem Inneren sicher ein verschlungenes Treppenhaus ins Dunkel führte, aus dem irgendwo das Gesicht George Minafers auftauchte. Die Fassade blieb erhalten, die Etagen wurden in einzelne Wohnungen aufgeteilt und das Ganze in »Castle Apartments« umbenannt.

Die Beziehung geriet in Schwierigkeiten, Simone vermisste Frankreich, sie träumte von einer Rückkehr und reiste immer häufiger dorthin, im August 1946 einen ganzen Monat mit Bridget und Eileen, dann drei Wochen zu Weihnachten 1947. An das bedrückende Leben einer Mutter am Stadtrand mochte sie sich nicht gewöhnen. Vorgebliche Freundschaften, Langeweile, Heucheleien, die Lebensfreude tief hinten im Schrank vergraben. Im Januar 1949 trennte sich das Paar. Im Oktober desselben Jahres reiste Simone nach Paris, um das Erbe ihres Vaters zu regeln, ihre Töchter blieben bei ihrem Vater in Dobbs Ferry. Simone bereitete ihre Rückkehr nach Frankreich vor, mietete eine Wohnung im VI. Arrondissement und flog am 27. Oktober in die Staaten zurück, um Bridget und Eileen zu holen.

Patrick Hennessy erfährt von Simones Tod am 28. Oktober, es besteht kein Zweifel: Keiner der Insassen hat den Absturz überlebt. Er ruft seine Töchter zu sich, weiß nicht, wie er sie trösten soll, das konnte er noch nie, er nimmt sie in den Arm, versucht ihre Tränen zu trocknen. Sie sind acht und zehn Jahre jung. Irgendwann schlafen sie ein, erschöpft, überwältigt von den Ereignissen. Am 29. Oktober beschließt Patrick, den ersten Flug nach Paris zu nehmen und dort auf die Überführung des Leichnams seiner Exfrau zu warten, die Formalitäten zu regeln. Die Töchter gibt er in die Obhut von Eileen Sheridan, der Nanny, und verspricht, dass sie sich in einer Woche wiedersehen. Im Dezember beginnt er eine juristische Auseinandersetzung, die sich über beinahe fünf Jahre hinziehen wird. Er verklagt Air France und fordert 25 Millionen Franc Schadensersatz (70 000 Dollar) anstelle der 2 200 000 Franc (6300 Dollar), die im Rahmen der internationalen Vereinbarungen gezahlt werden sollen. Sein Anwalt, Marcel Héraud, stellt die Fähigkeiten des Piloten infrage und wirft Air France vor, die Kontrolle der Instrumente vernachlässigt zu haben. Das Gericht gibt in beiden Fällen der Luftfahrtgesellschaft recht, am 3. Februar 1954 gibt Patrick Hennessy auf. Der Fall macht Schule unter der Bezeichnung »Hennessy versus Air France«.

30

PN und AM

Es sind undeutliche Klagen und geflüsterte Litaneien, die skeptische und unaufmerksame Menschen leicht mit dem Tosen des Meeres oder dem Schrei der Geier verwechseln. Viele sind Seelen von Schiffbrüchigen.

Antonio Tabucchi, *Die Frau von Porto Pim – Geschichten von Liebe und Abenteuer*

Ich musste einmal auf diese Insel fahren. Dem Trauerzug folgen, in Gegenrichtung, zum Gipfel hinauf, nach den Überbleibseln des Wracks suchend, die vom Farnkraut überwuchert sind.

Am Morgen des 28. Oktober fährt ein Boot der Atlanticoline von Vila do Porto zum Hafen von Ponta Delgada. Vierundsechzig Jahre zuvor suchten bei Sonnenaufgang über dem Archipel Boote den Ozean nach Flugzeugtrümmern ab, und Suchflugzeuge kreisten am Himmel.

Auf der Schiffsbrücke habe ich auf einmal den Eindruck, an einer mimetischen, zweifelsohne grotesken Pilgerfahrt teilzunehmen, die von einem manischen Bedürfnis nach Gleichzeitigkeit motiviert ist: Mein Programm ist exakt auf die Daten jener Expedition abgestimmt. Genau um

12 Uhr mittags fahre ich von Ponta Delgada ab, wie damals der erste alarmierte Suchtrupp. Jedoch erwartet mich niemand, nur ein Bus, der zunächst an der Küste entlangfährt, dann in die Berge mit dem Ziel Povoação abbiegt. Ich habe ein Zimmer in einem Bed-and-Breakfast mit Blick aufs Meer gemietet. Am nächsten Tag werde ich mittags in Algarvia eintreffen, mich in Gedanken Lévis-Mirepoix' Ermittlertrupp anschließen und im feinen Sprühregen zum Monte Redondo aufbrechen.

Nach einem stundenlangen Marsch durch den Wald, auf markierten Pfaden, taucht endlich der Kamm des Berges auf, und erst nachdem ich einen steilen Weg hinaufgestiegen bin, entdecke ich am Hang die Unglücksstelle mit den letzten, von Unkraut überwucherten Trümmern der Constellation. Als einziger Hinweis erhebt sich eine von den Dorfbewohnern errichtete Stele zum Gedenken an die achtundvierzig Opfer. Ein Granitkreuz ragt auf, und eine blaue Schrift auf den Fayencen verkündet:

Local onde caiu no dia
27 de outubro de 1949
um avião da Air France
tendo morrido toda
a sua tripulação
e os passageiros.
Dai-Lhes Senhor
O eterno descanso …

Hier stürzte
am 27. Oktober 1949
ein Flugzeug der Air France ab.
Die gesamte Besatzung
sowie alle Passagiere
kamen dabei ums Leben.
Schenke ihnen
ewige Ruhe, o Herr.

Zwei Paar Initialen prangen darüber, PN und AM, *Pater Noster* und *Ave Maria*. Ich suche unter den dichten Blättern nach verrosteten Relikten des abgestürzten Vogels, nach Reliquien meiner Pilgerreise. Ich stelle mir vor, dass wenige Meter unter dem Boden die letzten Trümmer des Flugzeugs ihrer jahrhundertelangen Zersetzung entgegenrosten.

Almas oder *alminhas*, »Seelen« oder »kleine Seelen«, bevölkern den Archipel allenthalben – die mit blau-weißen Kacheln und einem Kreuz verzierten Steinkuben zeugen davon. Einer Insellegende zufolge streifen an jedem 2. November die verlorenen Seelen um diese Steinkuben in der Hoffnung, dass Sankt Michael ihnen sein Seil zuwirft und sie so aus dem Fegefeuer rettet. Die Kreuze, die in großer Zahl auf den Höhen von São Miguel zu finden sind, wachen über die Rettung der Unglücksopfer. Auf dem Gipfel des Monte Redondo wacht eine »Seele« über das Heil der achtundvierzig vom Himmel Gestürzten.

Am letzten Tag meines Aufenthalts auf dem Archipel habe ich die Berge mit den blökenden Lämmern der Inselbauern verlassen und bin zum Whale-Watching aufs Meer gefahren. In Lajes do Pico sitzen heute keine Käpt'n Ahabs mehr mit engmaschigen Netzen und keine Bauern, die ihre Mistgabel gegen eine Harpune eingetauscht haben. Längst haben sie den regelmäßig verkehrenden Schiffen Platz gemacht, die nun zu festgelegten Zeiten die Hoheitsgewässer von Pico durchpflügen, um Touristen eine garantierte Begegnung mit den Meeressäugern – »Keine Wale? Geld zurück!« – zu gewähren.

Antonio Tabucchis *Frau von Porto Pim* enthält Erzählungen, deren Schauplatz die Azoren sind. Folgt man Tabucchi, sind all die Geschichten von Schiffbrüchigen und Walfängern Symbole für das Unendliche und das Absolute. Ich stehe auf dem Ponton und empfinde plötzlich eine große Einsamkeit. Eine Zeitlang habe ich an einen Glücksstern und astrologische Konstellationen geglaubt.

Ich beschließe, selbst auf die Azoren zu fliegen, um das Schicksal jener Männer und Frauen zu begreifen, die im Oktober 1949 an Bord der Constellation gingen. Sie haben geliebt und gelebt, ich will ihr Leben erzählen. Dafür muss ich den Hafen von Ponta Delgada ansteuern, am Monte Redondo entlangwandern, spätabends zum Himmel hinauf- und in aller Frühe zum Meeresufer hinabschauen.

In Horta, auf der Insel Faial, gibt es eine Bar, in der Seeleute aus der ganzen Welt einkehren und auf Holztafeln rund um die Theke Nachrichten, Telegramme und kleine Zettel hinterlassen. Dieser Ort, die Wandelhalle der Matrosen auf dem Atlantik, gleichsam ein improvisiertes Postamt, heißt Peter's Bar. Der Legende zufolge wäre *Casablanca* beinahe hier gedreht worden, Louis Armstrong hätte dann *As Time Goes By* hinten im Saal gesungen. Ich glaube es sogar. Die an die Tafeln gepinnten Nachrichten warten auf ihre Empfänger, es besteht keine Eile. Das erinnert mich an eine Begebenheit in meiner Familie: Mein Onkel, nach Algerien einberufen, und mein Vater, Student in Paris, haben sich während des gesamten Kriegs geschrieben. Ihre Briefe enthielten immer nur eine einzige Information: ihren nächsten Schachzug in der Partie, die sie zwei Jahre lang per Korrespondenz spielten. Ich weiß nicht, wer gewonnen hat, und im Grunde ist es mir auch egal. Peter's Bar thront nachts wie ein Leuchtturm über Horta, und man gibt sich dort die Kante, bis man die Welt um sich herum vergisst. Man ertränkt seinen Kummer, teilt den seines Nachbarn, renkt Freundschaften wieder ein, die durch die langen Überfahrten gelitten haben. In diesem Schlupfwinkel sucht und findet jede gestrandete Seele die Erinnerung an ihren Schmerz.

Als ich dort trinke, sehe ich die Stierkampfarena von Granada wieder vor mir, einen verwunschenen

Garten inmitten der Alhambra, ein Himmelbett mit Baldachin in der Albaicín und den maurischen Brunnen, der mit seinem Plätschern zwei verwundeten Kindern ein Schlaflied singt. Und dann, beim letzten Glas, die Bar L'Autobus in der Nähe des Cirque d'Hiver, das Café de la Mairie an der Place Saint-Sulpice und schließlich das La Féline auf den Höhen von Ménilmontant. Mit zwei Reißnägeln befestige ich zwischen einer Flaschenpost und einer anderen Notiz meine Botschaft: »Eines Tages werden wir die Wände unseres Gefängnisses niederreißen, wir werden mit Leuten sprechen, die uns antworten; die Missverständnisse unter den Lebenden werden sich auflösen, und die Toten werden keine Geheimnisse mehr für uns haben. Eines Tages werden wir in Züge steigen, die auch abfahren.«

31

Die Schnecke Guadagninis

Die Grammatiker sind für die Autoren,
was ein Geigenbauer für einen Musiker ist.

Voltaire, *Gedanken,*
Bemerkungen und Beobachtungen

1942, im Alter von sieben Jahren, nahm Étienne Vatelot seine Lehre in der Werkstatt seines Vaters auf. Ohne Bedauern gab der angehende Geigenbauer seine Karriere als Fußballtorwart auf. In der Rue Portalis 11a, hinter der Kirche Saint-Augustin, herrschte eine Atmosphäre der Stille, der Bescheidenheit, in der man Geheimnisse austauschte, kunstvoll verschlüsselt und nur vom Knarren des Holzes untermalt. Auf den mit grünem Filz überzogenen Tischen lagen ringsum die indisponierten Violinen Holzschrauben, Schraubzwingen, Lackierpinsel. Die Geigenbauerei erfordert einen sechsten Sinn, Fingerspitzengefühl, eine Berührung der Seele, die einen empfänglich für das empfindliche Verhältnis zwischen Künstler und Instrument macht – eine Kunst, die an keiner Schule gelehrt wird. Der Meisterschaft gehen immer gleiche Gesten an Übungsinstrumenten voraus: das Lockern der Saiten, das unablässige Auseinander- und Zusammenbauen des Instruments, das Abnehmen der Decke mit dem Hohleisen, das Herausziehen des Stimmstocks. Auf dem grünen Filz liegt das ganze Inventar: Bassbalken, Boden, Decke, Endklotz, Endknopf, Feinstimmer, Hals, Kinnhalter, Randeinlagen, Reifchen, Schnecke, Steg, Stimmstock, Untersattel, Wirbel, Zargen. Grammatikalisches Rüstzeug für die Handhabung von Instrumenten, dessen Erwerb, genau wie beim Schriftsteller, zur Befreiung aus dem Joch der Syntax durch den Stil führt. Der Zauberlehrling erforscht das Mysterium und träumt davon, den Beitel in der Hand, die Violinen zum Leben zu erwecken wie die tanzenden Besen in *Fantasia*.

Man liest gemeinhin, der Geigenbauer sei der Arzt des Musikers. Diese Analogie bestreitet kein Musiker, die Beziehung, die zwischen dem Instrumentenbauer und dem Virtuosen besteht, geht oft über das rein Gegenständliche hinaus. Man kann ihn sich wie eine Art Psychotherapeuten vorstellen, so wie man ja auch von der Seele eines Instruments spricht. Im Französischen heißt der Stimmstock, jenes Stück Fichtenholz im Innern des Resonanzkörpers, *âme*, Seele. Wenige Millimeter vom rechten Fuß des Stegs und des Saitenhalters entfernt, bedarf dieser Seelenstimmstock, ganz wie unser eigenes Innerstes, eines Echos. Er überträgt die Vibration der Saiten auf den Boden des Instruments. Außerdem hält dadurch die Decke dem Druck der Saiten stand, der über den Steg verbreitet wird. Der Stimmstock als Echokammer, die den Druck, das Gewicht des Lebens aushalten muss – diese Definition würde ich sofort unterschreiben. Ein Seelenarzt ohne Stethoskop, ausgestattet jedoch mit einem ebenso poetischen Instrument: einem Stimmsetzer. Die Kunst des Geigenbaus besteht unter anderem in der Platzierung des Stimmstocks. Die Ausrichtung dieses Holzzylinders muss zur Persönlichkeit, ja Klangfarbe des Künstlers passen. Schon eine Abweichung um wenige Millimeter kann das Spiel des Virtuosen empfindlich stören, man muss sich also mit allen Fasern in das Instrument und seinen Besitzer hineinfühlen. Der Geigenbauer wandelt sich so vom Handwerker zum Seelenkundler. Das wurde Étienne klar, als er seinen Vater nach Österreich begleitete, um genau den Baum zu finden, dessen Holz für eine Violine für Yehudi Menuhin geeignet wäre, zu seinem Temperament passte. Von dieser Reise, der ersten einer langen Serie, nahm er den Eindruck mit, einer geheimen Bruderschaft von Zauberern anzugehören, die sich im Schatten der Nadelbäume versammelten und den Mond anbeteten.

Étienne Vatelot begegnete Ginette Neveu im Juni 1949, sofort entstand großes Vertrauen und Freundschaft zwischen den beiden. Er sollte einige kleinere Ausbesserungsarbeiten an ihrer Stradivari vornehmen, die durch das intensive Spiel der Geigerin stets einer hohen Belastung ausgesetzt war. Angeblich, so will es die Legende, blutete einmal nach einem Konzert sogar ihr Kinn. Étienne untersuchte das Instrument und schlug seinem Vater vor, den Bassbalken zu ersetzen, der seiner Meinung nach zu alt und zu kurz war. Der Zauberlehrling, der versucht, die Besen mit der Hacke zu beschneiden.

Doch Meister Marcel Vatelot wies ihn in die Schranken: »Du kleiner Geigenlehrling willst eine derart kostbare Violine anfassen? Erinnere dich, dass man niemals an den Klang rühren darf, der zu der jeweiligen Persönlichkeit gehört!« Etienne nahm sich die Lektion zu Herzen, nur die enge Zusammenarbeit mit den Künstlern würde ihm eine tiefere Kenntnis des Instruments erlauben. Als erste Übung wollte er Ginette auf ihrer Tournee durch die Vereinigten Staaten begleiten. Die Flugtickets für den Air-France-Flug am 27. Oktober waren längst gebucht, als Ginette am 22. Oktober in der Geigenbauerwerkstatt ihr Instrument abholen kam und ihn bat, seine Abreise ein wenig zu verschieben, da sie in Saint Louis ihr Programm noch einmal intensiv einstudieren möchte. Hektisch rief der junge Geigenbauer seinen Bruder an, der bei der Schifffahrtsgesellschaft French Lines arbeitete, und bat ihn, ihm einen Kabinenplatz auf dem Dampfer *Île de France* zu organisieren, der am 30. Oktober ablegen würde.

Als er von dem Flugzeugabsturz hört, muss er trotz der tiefen Trauer, die ihn befällt, an die heimliche Macht des Zufalls denken.

Dreiunddreißig Jahre später, am 30. Juni 1982, widmet Jacques Chancel auf Antenne 2 dem Instrumentenbauer Étienne Vatelot unter dem Titel »Die Seele der Violinen« eine ganze Ausgabe seiner Talkshow *Le Grand Échiquier*, die aus dem Studio 15 der Buttes-Chaumont gesendet wird. Als Gäste sind Isaac Stern und Mstislaw Rostropowitsch geladen, sie sind gute Freunde und Kunden Vatelots. Ein paar Tage vor der Sendung erhält der Moderator einen Brief des Pianisten Bernard Ringeissen: »Ich habe ein unschätzbares Geschenk für Sie, das Sie direkt in der Sendung überreichen können.« Jacques Chancel lädt auch Ringeissen ins Studio ein. Im zweiten Teil der Sendung dreht sich das Gespräch um Ginette Neveu.

JACQUES CHANCEL: Das Unglück muss Ihnen sehr nahegegangen sein, denn normalerweise hätten Sie auch in der Maschine gesessen.

ÉTIENNE VATELOT: Ja, natürlich, ich bin immer noch sehr aufgewühlt, wenn ich an Ginette denke. Ich denke an sie, weil sie eine der ganz großen Virtuosinnen war, aber eben auch eine wunderbare, tiefsinnige, sehr offene Frau. Was sehr seltsam war: Nach dem tragischen Unfall auf den Azoren brachte man uns die Kästen ihrer beiden Instrumente in die Werkstatt, aber es war nichts mehr drin, nicht ein Stückchen Holz, außer einem Bogen, der zerbrochen war, und einem weiteren Bogen, dessen Signatur wir sofort erkannten. Wir wurden gefragt: »Kennen Sie diesen Bogen?« – »Ja, natürlich, das ist ein goldmontierter Bogen mit Perlmuttfrosch, der das Emblem von Hill & Sons aus London trägt, einem englischen Geigenbauer. ›Woher haben Sie das?‹«, wollte ich wissen. – »Als wir nach unserer Suche in den Trümmern vom Berg kamen, hörten wir einen Mann in einem Bauernhaus auf einer Geige kratzen. Wir gingen hinein, sahen, was er da in der Hand hielt, den Bogen mit Gold und Perlmutt, und fragten ihn: ›Gehört Ihnen das?‹, worauf er antwortete: ›Nein, nein, das habe ich gefunden.‹« – Wir erkundigten uns natürlich sofort bei dem Air-France-Mann nach der Geige, die der Kerl spielte. – »Ach, wissen Sie, die sah schon so alt aus!« … Und so haben wir nie genau erfahren, ob Ginette Neveus Geige noch existierte oder nicht.

JACQUES CHANCEL: Monsieur Vatelot, ich habe es weder Ihnen noch der Presse angekündigt, es wird noch jemand zu uns stoßen. Ein Pianist, der allerdings heute Abend nicht in seiner Eigenschaft als Pianist bei uns sein wird. Und er hat etwas bei sich, was an die Geige von Ginette Neveu erinnern könnte. Es handelt sich um Bernard Ringeissen. Sie wissen … Sie wissen ja, dass ein Pianist namens Bernard Ringeissen … Ich hole ihn jetzt mal und werde ihn bitten, uns zu zeigen, was er dabeihat. Verzeihen Sie, dass ich das live mache … Hier ist er. *(Chancel wendet sich an Bernard Ringeissen.)* Bitte, nehmen Sie doch Platz.

ÉTIENNE VATELOT: Also, ich habe schon vor Jahren gehört, dass Sie angeblich etwas besitzen, was Ginette Neveu gehörte.

BERNARD RINGEISSEN: Ja, der Konsul von Frankreich, dessen traurige Pflicht es war, alle nötigen Formalitäten nach der Katastrophe auf den Azoren zu erledigen, hat am Tag nach dem Unglück einen Fischer getroffen, der die Schnecke einer Geige in der Hand hielt. Ich selbst war damals auf Tournee durch Brasilien … Jedenfalls, als der Konsul mir diese Schnecke zeigte – ich kannte Ginette Neveu ja sehr gut –, war ich sehr bewegt. Und da sagte er zu mir: »Wissen Sie was? Ich schenke sie Ihnen. (*Ringeissen nestelt in der linken Tasche seines Jacketts.*) Hier ist sie. (*Er reicht Étienne Vatelot die Schnecke, der Geigenbauer inspiziert sie kurz, seine Stimme ist belegt, er atmet schwer, Isaac Stern legt ihm die Hand auf die Schulter.*)

ÉTIENNE VATELOT: Das gehört zur Guadagnini, die Ginette Neveu besessen hat! Sie hatte zwei Violinen dabei, und das hier ist die Schnecke der Guadagnini. (*Während er spricht, zoomt die Kamera auf die zitternde Hand des Geigen-*

bauers, in der er die Schnecke dreht und wendet.) Ich erkenne sie eindeutig wieder, es ist, als wäre es gestern gewesen. (*Langes Schweigen.*) Einfach unglaublich, bitte entschuldigen Sie. (*Er trocknet eine Träne.*) Ich brauche noch nicht einmal eine Brille, um das zu erkennen, normalerweise benutze ich meine Brille … Das ist wirklich unglaublich. Es handelt sich um die Violine – die letzte Violine! –, die ihr mein Vater vor der Tournee in die USA verkauft hat. Was für eine Geschichte!

JACQUES CHANCEL: Wie kommt es, dass Sie beide einander nie begegnet sind?

ÉTIENNE VATELOT: Ich weiß nicht, es kam immer wieder etwas dazwischen, ich hatte gerüchteweise von dieser Geschichte gehört und sogar eine Freundin angerufen, um Ihre Adresse zu bekommen, doch dann waren Sie …

BERNARD RINGEISSEN: Es ist eine Reliquie … Ich denke, wir sollten sie dem Konservatorium überreichen.

Die Schnecke wandert von Hand zu Hand.

BERNARD RINGEISSEN: Und was ist aus der Stradivari geworden?

ÉTIENNE VATELOT: Ich weiß es nicht.

JACQUES CHANCEL: Entschuldigen Sie, dass wir diese Begegnung hier so öffentlich gemacht haben, wir wollten nicht auf die Tränendrüsen drücken, es ging nur darum, dass Sie sich mal kennenlernen.

BERNARD RINGEISSEN: Das ist mir wirklich unter die Haut gegangen, und ich vermute, dieser emotionale Augenblick hat sich in all seiner Wucht auch auf die Zuhörer übertragen.

JACQUES CHANCEL: Ich habe Sie weinen sehen, Isaac Stern.

ISAAC STERN: Ich war in dem letzten Konzert, das Ginette vor ihrem Tod gegeben hat. Es war der Abend, bevor sie in den Tod geflogen ist. Ein großartiges Konzert im Théâtre du Châtelet, ihr Bruder begleitete sie, auf dem Programm standen hauptsächlich Sonaten, und sie spielte phantastisch. Was für ein tiefes Verständnis für die Musik, was für eine Ausnahmekünstlerin! Was sich hier eben abgespielt hat, berührt mich ungemein. Und gestatten Sie mir, dass ich das sage: den Haydn vorhin, den haben wir auch zum Gedenken an Ginette gespielt, sie war wirklich eine ganz Große. Und solche Menschen fehlen uns, es gibt sie nur sehr selten.

Als ich durch Zufall auf diese Szene stoße, bin ich verblüfft. Das unterdrückte Schluchzen Étienne Vatelots, der Blick Isaac Sterns, das Feingefühl und die Hilflosigkeit Bernard Ringeissens, schließlich Jacques Chancel, der Dirigent des Ganzen, dessen Überraschungscoup ihm plötzlich fast peinlich ist. Ich sehe mir das Video erneut an, achte genauer auf Details, etwa auf die Handfläche des Geigenbauers, auf dieses kleine Stück Holz mit seinen barocken Windungen, dessen wundersames Wiederauftauchen vor laufender Kamera nach dreiunddreißig Jahren zu einem surrealistischen Einakter gerät.

Ein Bild tritt vor mein geistiges Auge: die zum Musikinstrument, zur Geige mutierte Frau – Man Ray hat seine Muse Kiki de Montparnasse in seinem *Violon d'Ingres* verewigt. Besitzer dieser Aufnahme war kein anderer als André Breton, der darin einen seiner *objektiven Zufälle* gesehen haben mag, die er sammelte wie andere Leute Schmetterlinge unter Glas. Die hübsche Formel vom *objektiven Zufall* ist seiner Theorie zufolge die Interaktion persönlich erfahrener Gleichzeitigkeit. In *Die kommunizierenden Röhren* erweitert er den Begriff um die Notwendigkeit des Zufalls: »Die Kausalität kann nur in Zusammenhang mit der Kategorie des objektiven Zufalls begriffen werden, welcher wiederum eine Erscheinungsform der Notwendigkeit ist.« Praktische Umsetzung dieser Theorie ist sein Roman *Nadja*, den Fotografien von Man Ray schmücken. Die letzte dieser Fotografien hatte mich seinerzeit stark beeindruckt, sie zeigt den Blick auf den Papstpalast von der Île de la Barthelasse aus, zur Linken sieht man das Schild »Les Aubes« des Insel-Restaurants Sous les Aubes. Dieses Foto war in der ersten Ausgabe des Buches nicht enthalten und ist auch nicht von Man Ray. Es stammt von einer Freundin, Valentine Hugo, Frau von Jean Hugo, dem Urenkel des Dichters, der *Demain, dès l'aube …* (*Morgen früh, beim ersten Tageslicht …*) schrieb. Einige Jahre zuvor hatte sie Breton eine kleine Tuschzeichnung des berühmten Vorfahren ihres Mannes geschenkt, die den Titel *Aube* (*Morgengrauen*) trug. André Breton und Jacqueline Lambda gaben ihrer Tochter daraufhin diesen hoffnungsfrohen Vornamen. Besagtes Foto an den Ufern der Rhône findet sich auf den letzten Seiten des Romans *Nadja*, den Breton mit der Wiedergabe eines Zeitungsartikels beschließt:

X …, 26. Dezember. – Der Funker, der die Funkstation auf der Sandinsel zu bedienen hat, empfing ein Bruchstück eines Funkspruches, der Sonntagabend zu der und der Stunde ausgesendet worden sein musste … Die Nachricht lautete wörtlich: »Irgendetwas funktioniert nicht«, aber sie gab die Position des Flugzeuges nicht an, und der Funker konnte infolge sehr schlechter atmosphärischer Verhältnisse und auftretender Interferenzen weder einen weiteren Satz verstehen noch eine neue Verbindung aufnehmen.

Die Nachricht wurde auf einer Wellenlänge von 625 Metern gesendet; und unter Berücksichtigung der Stärke des Empfangs glaubte der Funker, die Entfernung des Flugzeuges mit einem Umkreis von 80 Kilometern um die Sandinsel begrenzen zu können.

Diese magische Schnecke ähnelt einem jener Gegenstände, nach denen oft in Märchen gesucht wird. Wie aus dem Nichts tauchte das geschnitzte Holzstück auf und schien eine geheime Botschaft zu bergen. So kam es zum *Märchen von der Schnecke Guadagninis*, in dem ein Teil einer Violine von Hand zu Hand wandert, von den Azoren nach Brasilien und dann in ein Fernsehstudio in Paris, wo es von dem Geigenbauer identifiziert wurde, der es dreiunddreißig Jahre zuvor mit einer Tinktur lackiert hatte, die Marcel Vatelot stets am Sonntag im Verborgenen anrührte und deren Rezeptur er seinem Sohn erst auf dem Totenbett anvertraute. Antonio Stradivari nahm das Geheimnis seiner Lackierung übrigens mit ins Grab.

Bleibt noch ein Geheimnis: Was geschah mit Ginette Neveus berühmter Stradivari, die Omobono Stradivari, der Sohn des Meisters aus Cremona, 1730 gebaut hatte? Jener alten Violine, die der Azoren-Fischer in Besitz genommen hatte und die die Ermittler, geblendet vom Gold und Perlmutt des Bogens, außer Acht ließen, weil sie »so alt« zu sein schien – war es die berühmte Stradivari Ginette Neveus?

Lévis-Mirepoix, der Leiter der Untersuchungskommission der Air France, hat den Vatelots gegenüber in aller Unschuld erklärt: »Ach, wissen Sie, sie sah schon so alt aus!« Je mehr Tage ins Land gingen, desto undurchdringlicher wird das Geheimnis um jene Violine. Zieht man den immensen Wert des Instruments in Betracht, scheint es undenkbar, dass die Echtheit nicht überprüft wurde. Dies tut schließlich die Versicherungsgesellschaft. Drei Tage nach dem Unglück kommen zwei Experten in Begleitung einer Dolmetscherin auf die Insel São Miguel und machen sich in dem Dorf Algarvia auf die Suche nach der Violine. Die beiden Männer folgen den Angaben Lévis-Mirepoix' und befragen den Fischer. Er behauptet, niemals eine solche Geige besessen zu haben. Nachdem sie das Dorf auf den Kopf gestellt und die Hänge des Monte Redondo durchkämmt haben, ziehen sich die Experten unverrichteter Dinge wieder zurück. Eine Legende entsteht.

Seither erzählt man sich auf den Azoren, dass sich in den 1950er Jahren ein Verrückter einen Jux daraus machte, auf einer Geige zu kratzen, auf einmal soll er verschwunden sein, das Instrument habe er verkauft, angeblich sei es in den USA gelandet, wo es ein reicher Kaufmann erworben habe. Jeder fügt ein neues Detail hinzu, niemand weiß etwas Genaues.

Am 6. November 2013 versteigert das Auktionshaus Artemisia den Koffer Marcel Cerdans, der am Berghang gefunden worden war. Die Versteigerung sorgt für Aufsehen unter den Sammlern: Auf dem rechteckigen, leicht abgewetzten Koffer aus hellem Leder prangen die Initialen E. C. unter einer Krone – ein Symbol, so heißt es im

Katalog, für die Liebe zwischen Cerdan und Piaf. Die beiden hätten ihn bei einem Trödler in New York zufällig entdeckt und in dem Emblem E. (für Édith) und C. (für Cerdan) ein Zeichen für ihre künftige Verbindung erkannt. Ein verblasster Aufkleber der Schifffahrtslinie *Cunard White Star* zeuge von einer Atlantiküberfahrt im Jahr 1946.

Zum fünfzigsten Todestag von Édith Piaf brachten zahlreiche Medien diese hübsche Anekdote wieder in Umlauf, es ist die Rede von dem »Koffer der Liebe«. Das Mindestgebot liegt bei 5000 Euro, es ist damit zu rechnen, dass die Gebote rasch in die Höhe schnellen. Doch dann weist ein Journalist von *L'Équipe* darauf hin, dass die beiden sich zwar 1946 kennenlernten, aber erst seit Januar 1948 ein Paar waren, die gemeinsame Überfahrt kann also nicht stattgefunden haben. Der Koffer ist ein Fake. Der Zeitungsartikel deckt den Betrug am Morgen der Auktion auf, der Koffer findet keinen Interessenten.

Postskriptum

Die Heirat des ewigen Liebespaares

Im Flugzeug, das mich nach Lissabon zurückbringt, stoße ich bei meiner Lektüre auf ein Gedicht von Blaise Cendrars, *Fernando de Noronha*:

Von weitem hielte man es für eine
versunkene Kathedrale,
von nahem
ist es eine Insel mit derart prachtvollen
Farben,
dass wie Gold das Grün des Grases
leuchtet.

Es ist eine genaue Beschreibung der Azoren, des Auftauchens der vulkanischen Felsen, jener tausendjährigen Stalagmiten, deren bizarre Formen die Architektur der Riffe bestimmen. Und dieses flammende, omnipräsente Grün, der fruchtbare Lavaboden und die Motive, die ein Henri Rousseau nicht besser hätte erfinden können, diese endlosen Wälder im Licht der untergehenden Sonne. Dennoch haben die Azoren nichts mit dem brasilianischen Archipel Fernando de Noronha gemeinsam, wo das tropische Grün in das türkisfarbene Blau einer Lagune stürzt. Einundzwanzig Inseln, fünfhundert Kilometer vor Recife im Meer verstreut. Als ich einen Bericht über den Absturz der Maschine von Rio nach Paris im Mai 2009 las, fiel mir eine erstaunliche Parallele auf. Der Flug AF447 startet am Abend des 31. Mai 2009 vom Flughafen Antônio-Carlos-Jobim in Rio de Janeiro. Um 2 Uhr 14 des 1. Juni verschwindet das Flugzeug von den Radarschirmen. Die brasilianischen Behörden leiten sofort Untersuchungen ein, doch erst fünf Tage später werden die ersten Toten aus dem Ozean geborgen. Die Maschine bleibt zunächst unauffindbar. Da der genaue Absturzort unklar ist, ziehen sich die Ermittlungen in die Länge, erst im April 2011 wird das Wrack der Maschine AF447 aus der Tiefe gehoben. Am 16. Mai 2011 tauchen die Flugschreiber auf. Die sterblichen Überreste der Passagiere werden auf die Insel gebracht und mit Hilfe von DNA-Analysen identifiziert: Es sind zwölf Besatzungsmitglieder und 216 Passagiere, darunter Silvio Barbato, einstiger Chefdirigent des Sinfonieorchesters am Teatro Municipal in Rio de Janeiro. Am 16. Juni legt das Schiff *Île de Sein* mit 104 Absturzopfern französischer Nationalität in Bayonne an, man überführt die Toten ins Gerichtsmedizinische Institut in Paris.

Am 28. September 1915, während der Herbstschlacht in der Champagne, verlor der Obergefreite Blaise Cendrars seine rechte Hand. In einem nächtlichen Schreibrausch fand er zu seiner Inspiration zurück und verfasste *La Fin du monde filmée par l'ange Notre-Dame*: Unter dem Sternbild Orion ist sein fehlender Körperteil zum Himmel aufgestiegen und flüstert ihm nun die Prosaverse der Moderne ein, der linkshändige Dichter ist geboren. Orion, der blinde Riese, verraten von Oinopion, lässt sich von dem Knaben Cedalion immer weiter nach Osten führen, auf der Suche nach den Sonnenstrahlen, die ihn, so ein Orakelspruch, zu heilen vermögen. Er stirbt durch den Skorpion der Artemis und wird wie dieser an den Himmel versetzt. Skorpion und Orion, Seite an Seite am Sternenhimmel. Blaise Cendrars fügte dem griechischen Mythos die persönliche Legende seiner fehlenden Hand hinzu. Aus dem Schlamm des Feldes der Ehre an die elysäischen Felder versetzt, streckt sie die fünf Finger nach dem Orionnebel aus. Verzauberung, Himmelfahrt einer schreibenden Hand, die sich dem am hellsten strahlenden Stern Betelgeuse hinzugesellt.

Während des ganzen Krieges sah ich Orion
durch meine Scharte
Der Zeppeline Schar flog zum Bombardement
von Paris, sie kamen stets vom Orion
Heute schwebt er über meinem Haupt
Der große Mast durchbohrt die Hand, die
leiden muss

Wie meine abgetrennte Hand mich leiden lässt an dem Stachel des Skorpions, der ewig in sie dringt.

Cendrars wurde zum Eremiten von Aix-en-Provence, wohin er 1940 geflüchtet war. Die Kinder kämpften an der Front, Raymone hielt sich in Brasilien auf mit der Truppe von Louis Jouvet. Der Dichter hörte zu schreiben auf, er schlug die Zeit in den Wirtshäusern tot, verfluchte die Deutschen in den Bistros am Cours Mirabeau, klapperte die Regale der Stadtbibliothek ab, sorgte in der großen Wohnung in der Rue Clemenceau für »Mamanternelle«, die 84-jährige Mutter seiner ewigen Geliebten. Drei Jahre schwieg er, erst dann zwang ihm der durch die schändliche Niederlage erstickte Dämon des Schreibens wieder seinen Willen auf, es entstand *Die Signatur des Feuers*. Es folgten weitere Werke, er erzählte vom Jüngsten Gericht und vom Schutzheiligen der Luftfahrt, dem »Fliegenden Frater« Josef von Copertino. Raymone kehrte zurück. Nicht weit entfernt sabotierte Laurin, auch er ein Einarmiger, die deutschen Züge, in Céreste schloss sich René Char, »Capitaine Alexandre«, einer Widerstandsgruppe an. Dann kam die Befreiung. Im Oktober 1945 fotografierte ein junger Reporter namens Robert Doisneau Blaise in der Gartenlaube, im Garten, hinter den Kakteen, in Hemdsärmeln, die Baskenmütze wie festgeschraubt, eine Zigarette im Mundwinkel. Er hatte nichts mehr von dem eleganten jungen Mann in ärmlicher Kleidung, den Modigliani einst porträtierte, hier sah man einen gelassenen Alten in seinem Exil, der schon tausend Schlachten geschlagen hatte, die Augen halb geschlossen im faltenreichen Gesicht, saß er am Arbeitstisch, neben sich die Schreibmaschine, ein Glas und eine Flasche Rum. Blaise alterte, und die Jungen eilten herbei. Man traf sich in Aix, als wäre man auf Pilgerfahrt. Ihn belustigte es.

Kaum war Robert Doisneau abgereist, erschien der aus dem Kriegsdienst entlassene René Fallet auf der Bildfläche: »Monsieur Cendrars, Sie sind sechsundfünfzig, ich bin achtzehn, Sie könnten, wie man so schön sagt, mein Vater sein, doch ich erkenne Sie wieder, besinge Sie, liebe Sie …«, schrieb er ihm. Nicht Vater, sondern Bruder, ein Freund, mit dem man durch die Kneipen ziehen und im *Deux Garçons* Gläser zerschmettern konnte, mit dem man über Poesie sprach, über Chamäleons, Lilien und Vögel, mit dem man haarsträubende Abenteuer erleben, das Lied der Freundschaft anstimmen und dabei zwangloser Schüler bleiben konnte. Der Eremit vom Sainte-Victoire scharte mit lockerer Hand ein Freundesheer um sich.

Ein anderer junger Mann, kein Zögling, sondern ein leiblicher Sohn, der Pilot Rémy Sauser, starb auf einem Flug jenseits des Mittelmeers, in Marokko. Ein dumpfer, unerwarteter Schmerz,

»ein Faustschlag mitten in die Magengrube«, wie Blaise einer Freundin gestand. Er beendete *La Main coupée* und stellte eine Widmung voran: »FÜR MEINE SÖHNE ODILON UND RÉMY, WENN SIE AUS DER GEFANGENSCHAFT UND DEM KRIEG ZURÜCKKEHREN, UND FÜR IHRE SÖHNE, WENN SIE ZWANZIG JAHRE ALT SEIN WERDEN, OH WEH …!« Er fügte seinen Zeilen ein Postskriptum an, eine Art letzte Depesche, in der er seinen Schmerz telegraphierte: »Oh weh! Am 26. November 1945 erfahre ich durch ein Telegramm aus Meknès (Marokko), dass Rémy bei einem Flugzeugabsturz umgekommen ist. Mein armer Rémy, er war so glücklich, jeden Morgen über den Atlas fliegen zu dürfen, er war so glücklich zu leben, seit er aus der Gefangenschaft in Bosch-Land zurückgekehrt war. Es ist so traurig … Doch einer der Vorzüge des gefährlichen Metiers eines Jagdfliegers ist es, im vollen Flug und sehr jung sterben zu dürfen. Wie seine vom Himmel gefallenen Kameraden hat mein Sohn auf dem kleinen Sandgeviert des Friedhofs von Meknès seine letzte Ruhe gefunden. Ein Fliegerfriedhof, schon jetzt überfüllt. Sie sind in ihre Fallschirme gehüllt wie Mumien oder Larven, die bei den Ungläubigen liegen und auf die Auferstehung warten, arme Kerlchen.«

Raymone, von Blaise getrennt, dann wieder mit ihm vereint, weinte um Rémy wie um einen eigenen Sohn. Als sie wieder in Paris auf der Bühne stand, schrieb sie an Blaise: »Ich wusste, ich würde Rémy nicht wiedersehen. Als er mich in der Metro umarmte, las er in meinem Blick, dass ich mich von ihm verabschiedete, denn er kam noch einmal zurück und drückte mir die Hände …«

Wie ein Phantomschmerz, der den Amputierten quält, sucht Rémy den Vater, der seinen Sohn als Teil seines Körpers empfindet, in einer »letzten, kleinen Postkarte« vom 4. November 1945 heim: »Mein lieber Blaise, meine Arbeit wird immer interessanter, was mich sehr begeistert. Alles ist schön, meine Arbeit, die Verpflegung (Datteln, Orangen und Mandarinen), und ich hoffe, bis Ostern hierbleiben zu können, um dann im Sommer nach Frankreich zurückzukehren. Ich hoffe, bei dir ist ebenfalls alles in Ordnung. Von Herzen, Rémy.«

Ein Einsitzer, verschollen im marokkanischen Atlas.

Eine Lockheed Constellation, zerschellt auf einer Insel mitten im Atlantik.

Wenn du liebst, musst du wiederkehren. Ein ganzes Leben versuchst du, den Kompass zu zerschmettern, dich an den Kardinalpunkten zu öffnen, und dann, am Ende der Welt, der Gemeinplatz. Wenn du liebst, musst du wiederkehren. Ein Leben lang Versteck gespielt, hast dich zu Tode gelangweilt, dem Tod ein Schnippchen geschlagen, und auf der Schwelle dann die alte Hütte, der Ursprung, der Schatz. Wenn du liebst, musst du wiederkehren. Verflucht, verzweifelt, ein Wrack, das Hirn von seltsamen Tieren und utopischen Landschaften bevölkert, im tiefsten Urwald bei der geduldigen verwandten Seele Zuflucht finden. Wenn du liebst, musst du wiederkehren. Ein Leben, atemlos, Russland, Chinas Osten, die Onkel aus Panama, Amazonien, die Wale vor Feuerland, Amsterdam, Antwerpen, der Horizont beim Sonnenuntergang am Äquator, der Krieg und die Schiffe, ein ganzes Leben ständig im Aufbruch. Von einer unerwarteten, banalen Ankunft, die Tür in Reichweite, und die *Odyssee* ein einziger Umweg. Wenn du liebst, musst du wiederkehren.

Am 27. Oktober 1949, als eine Constellation vom Flughafen Orly abhebt, heiratet der Dichter Blaise Cendrars in Sigriswil im Berner Oberland seine Sandkastenliebe Raymone Duchateau. Die Hochzeit des ewigen Liebespaares in einem Schweizer Wirtshaus, eine Verlobungsreise ging dem Fest voraus, der Tausch der Ringe besiegelt die Rückkehr. Ausgezogen, um niemals wiederzukehren, lässt er sich ausgerechnet in dem Örtchen Sigriswil nieder, der Heimat seiner Vorväter. Und er, der Schweizer auf der Flucht, der niemals anzukommen fürchtete, entdeckt, als Raymone endlich in die Heirat einwilligt, in den Gesichtern der Bauern im Oberland sein Ithaka. An ihren

Gesichtern, dem Gesichtsausdruck, der Nase erkennt er die unantastbaren Zeichen seiner eigenen Herkunft. Mit den Weinbauern vom Thuner See verbindet ihn eine Gemeinschaft der Widerständler. Im Saal des Wirtshauses verkündet der frisch verheiratete Blaise, er werde eine *Eroberung von Sigriswil* schreiben. Daraus wird nichts. In der kleinen Kirche aus dem 9. Jahrhundert erkennt er auf einem auf Holz gemalten Bild unter den dreißig Bürgern des Altaraufsatzes seine Vorfahren wieder; am 27. Oktober, in dem Augenblick, als die Constellation in Orly abhebt, schließen die getrennten und doch unzertrennlichen Liebenden einen Bund, der linkshändige Dichter landet im sicheren Hafen an.

1956 publiziert Blaise Cendrars seinen letzten Roman, *Emmène-moi au bout du monde! ...* »Nimm mich mit ans Ende der Welt! ...« – der Titel ist im übertragenen Sinn gemeint, es handelt sich nicht um exotische, phantasierte Reiseberichte, sondern das Werk enthält die Wahrheit eines Mannes, der wie ein Planet wieder am Ausgangspunkt der Umlaufbahn angekommen ist, das Ende der Welt ist nicht weit.

Auf der *Schwelle*: Ausgangs- und Endpunkt; Fundament einer Tür, durch einen Stein oder ein Stück Holz markiert; auch als Fachbegriff aus der Luftfahrt geläufig, die *Landeschwelle*: Beginn und Ende der Piste.

Er schreibt sein Testament nieder, das Anderswo, der Traum in Gestalt eines Schlusspunkts, liegt in Paris: »Das Ende der Welt ist am Père Lachaise.«

Am 21. Januar 1961 stirbt Blaise Cedrars im Erdgeschoss der Wohnung in der Rue José Maria de Heredia, hinter ihm liegt eine lange, über Monate währende Leidenszeit infolge seiner Lähmung. Raymone schließt die Lider ihres Mannes, Miriam hält die Hand ihres Vaters. Sie weint nicht, sie lächelt.

Ich bin an einem 20. Januar geboren, doch mit elf Jahren begann ich auf einmal, das Datum anzuzweifeln. Ich war auf die Geburtsanzeige gestoßen, die meine Eltern aufgegeben hatten, und darin stand 21. Januar. Ich fragte sie, was es damit auf sich habe, doch beide konnten mir keine klare Antwort geben, die Angaben im Personalausweis und im Familienbuch stimmten nicht überein. Es empörte mich, dass sie offensichtlich unfähig waren, den Zweifel auszuräumen. Ich wollte genau wissen, an welchem Tag ich geboren, welches mein Sternzeichen war: Steinbock am 20. oder Wassermann am 21. Januar? Eine Frage von Konstellationen. Die Erkundigung bei der Klinik brachte schließlich die Lösung: Im Register stand der 20.

Danksagung

Mein Dank gilt Manuel Carcassonne, Bernard Chambaz, Benoît Heimermann und Luc Widmaier.

Wichtige Anregungen verdanke ich außerdem Philippe Castellano, dem Autor der wertvollen Artikel »Il y a 60 ans: le Constellation de Marcel Cerdan disparaissait aux Açores«, in: *Avions*, Nr. 173 und 174; Dominique Grimault und Patrick Mahé, den Autoren von *Piaf – Cerdan, un hymne à l'amour 1946–1949*, Robert Laffont, 2007; Jacques Chancel, dem Dirigenten der Sendung »Die Seele der Violinen«.

Textnachweise

Breton, André: Nadja. Aus dem Französischen von Bernd Schwibs, Suhrkamp Verlag, Berlin 2002.

Céline, Louis-Ferdinand: Reise ans Ende der Nacht. Aus dem Französischen von Hinrich Schmidt-Henkel, Rowohlt Taschenbuch Verlag, Reinbek 2003.

Cendrars, Blaise: Ostern in New York. Aus dem Französischen von Jürgen Schröder. In: Schröder, Jürgen (Hg.): Cendrars, Blaise: Poesie, Karl Rauch Verlag, Düsseldorf 1962.

Char, René: Hypnos. Aufzeichnungen aus dem Maquis. Aus dem Französischen von Paul Celan, S. Fischer Verlag, Frankfurt a. M. 1990.

Heraklit. Fragmente. Griechisch/Deutsch. Hrsg. u. übers. von Bruno Snell, Artemis & Winkler, Düsseldorf 2007.

Kafka, Franz: Briefe an Milena, S. Fischer Verlag, Frankfurt a. M. 1983.

Melville, Hermann: Moby Dick oder Der Wal. Aus dem Amerikanischen von Alice und Hans Seiffert, Aufbau Taschenbuch Verlag, Berlin 2007.

Rimbaud, Arthur: Gedichte. Aus dem Französischen von Paul Celan, Insel Verlag, Frankfurt a. M./Leipzig 2007.

Russolo, Luigi: Die Kunst der Geräusche. Aus dem Italienischen von Owig Dasgupta, Schott Verlag, Mainz 2005.

Salinger, Jerome David: Der Fänger im Roggen. Aus dem Amerikanischen von Eike Schönfeld, Kiepenheuer & Witsch Verlag, Köln 2003.

Sartre, Jean-Paul: Zeit der Reife. Aus dem Französischen von Uli Aumüller, Rowohlt Taschenbuch Verlag, Reinbek 2007.

Soupault, Phillippe: Frühe Gedichte 1917–1930. Aus dem Französischen von Eugen Hemlé. In: Edition text + kritik 8 (1983).

Tabucchi, Antonio: Die Frau von Porto Pim. Aus dem Italienischen übers. von Karin Fleischanderl, Verlag Klaus Wagenbach, Berlin 1993.

Zweig, Stefan: Die Welt von gestern. Erinnerungen eines Europäers, S. Fischer Verlag, Frankfurt a. M. 1973.